U0119791

危險的友誼
超譯費茲傑羅&海明威

陳榮彬 著

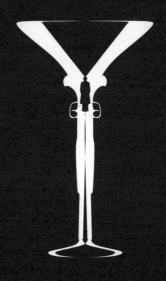

推薦文

推薦序言

康士林教授

  友誼的現象放諸四海皆準，不過每個文化對於「朋友」兩字的涵義與當朋友的責任，則各有不同的概念。過去幾千年來，友誼一直是中國文化的核心，中國社會對於友誼的範圍也有極其明確的規範。探索費茲傑羅與海明威的友誼時，我們會發現一個與中國社會截然不同的友誼世界——不過，也許我們可以說，與海明威相較，費茲傑羅對待朋友的方式和中國的傳統較為接近，因為很少有什麼事情是費茲傑羅不願為海明威付出的。

  費茲傑羅與海明威寫的某些小說裡面顯然缺少關於友誼的描寫。在費茲傑羅的《大亨小傳》（*The Great Gatsby*）裡，無論是故事敘述者尼克‧卡拉（Nick Carraway）或主角傑‧蓋茨比（Jay Gatsby）都沒有交情要好的男性友人，海明威的《太陽依舊升起》（*The Sun Also Rises*）裡面，敘述者兼主角傑克‧巴恩斯（Jake

Barnes）亦復如此。費茲傑羅與海明威習慣把自己的人生際遇寫進小說裡，所以友誼在他們的人生中也許不是重點。但是，費茲傑羅與海明威的關係曾經有可能變成一段珍貴且讓人生更為精彩的情誼，而這就是陳榮彬透過這本新書精彩地呈現出來的。多年來，榮彬深入研究費茲傑羅與海明威兩人的小說和生平，他以巧妙的手法探掘兩人的複雜情誼，最後帶我們看到兩人關係結束時的悲劇——與他們倆小說裡描寫的悲劇多少有幾分相似。

為了充分了解陳教授所描寫的這段友誼，如果你還沒有讀過費茲傑羅與海明威的小說作品，在閱讀這本書之前，或在閱讀時，也許你可以先讀一讀書裡面提及的幾篇精彩短篇小說。費茲傑羅的部分，我推薦的至少包括〈富家子〉（"The Rich Boy"）、〈五月天〉（"May Day"）、〈重返巴比倫〉（"Babylon Revisited"）與〈冬之夢〉（"Winter Dreams"）。上述故事大多可以在《爵士時代的故事》（*Tales of the Jazz Age*）與《那些憂傷的年輕人》（*All the Sad Young Men*）這兩本故事集裡面找到[1]。至於海明威，你可以讀〈雨中的貓〉（"Cat in the Rain"）、〈大雙心河〉（"Big Two-Hearted River"）、〈軍人之家〉（"Soldier's Home"）與〈吉力馬札羅火山之雪〉（"Snow of

Kilimanjaro"），前三篇都是海明威早期故事集《我們的時代》（*In Our Time*）裡面的代表性作品 [2]。

　　閱讀《大亨小傳》與《太陽依舊升起》也會很有幫助。此外，你若有時間，也可以看一看《戰地春夢》（*A Farewell to Arms*）。我認為眾多《大亨小傳》中譯本裡面最棒的應該是香港翻譯家喬志高先生（原名高克毅）的作品，雖非最早中譯本 [3]，但「大亨小傳」四字就是他的中譯本書名，言簡意賅，氣勢不凡。至於《太陽依舊升起》，可以參考這一次「午夜巴黎」出版計畫中由逗點出版社推出的陳夏民譯本。《戰地春夢》可以參考資深譯者宋碧雲女士的譯本，她同時也翻譯過《戰地鐘聲》與《老人與海》[4]。

　　關於費、海兩人生平的書籍與文章甚多；兩人小說的相關論著，更是不計其數。此外，有幾本英文書籍專門探討兩人友誼的。陳榮彬的這本書巧妙地結合了他對於兩人友誼的研究還有兩人生平與小說作品的探討，這在中文出版界可說是一項創舉。本書第一章以費、海兩人在巴黎初次相識的故事為起點，隨後也論及 1920 年代住在巴黎的許多美國人。第二章所論述的則是第一次世界大戰對於兩位小說家生平與作品的影響，兩者所受到的影響截然不同。費茲傑羅與海明威的更多差異展現在第三章，他試

著對比兩人的感情生活，前者只有一任妻子，後者則是結了四次婚。第四章講的是費、海兩人的好萊塢工作經驗，海明威的成就斐然，費茲傑羅大致上卻是失敗的。第五章的主題則是兩人的寫作風格，他設法展現出他們各自的原創性與獨特性。最後，在讀者對費茲傑羅與海明威的各個面向都有所了解後，陳榮彬於第六章詳述了兩人於 1920 年代在巴黎相識之後幾經起落的友誼。

　　過去，我曾在輔仁大學英國語文學系開了許多年關於費茲傑羅與海明威的課程。另外兩個我也開過專題課程的作者是珍‧奧斯汀（Jane Austen）與查爾斯‧狄更斯（Charles Dickens）。奧斯汀與狄更斯是偉大的英國小說家，他們除了知道怎樣的小說結構能對讀者產生最大的衝擊之外，也都非常了解在他們作品中最常出現的國家——英國。費茲傑羅與海明威是二十世紀上半葉的美國小說家，他們的成就僅次於威廉‧福克納（William Faulkner），而且他們擘畫小說的能力極其優異，其作品總能讓讀者了解美國的各個不同面向。費茲傑羅用他的小說來呈現 1910 與 20 年代美國社會的樣貌，特別是他的許多短篇小說以及《大亨小傳》。他在這方面的成就斐然，甚至因而常被稱為一位「世情小說家」（novelist of manners）。另一方面，儘管我們常

能透過海明威的短篇小說了解美國，但他主要的小說作品大多描寫一些美國海外僑民的特色與性格。因此，在海明威的大部分小說中，我們可以看見美國人有好的一面，也有不好的一面——不過，費茲傑羅亦然：他除了描寫美國人的生活方式，也對美國人的性格多有著墨。若把兩位小說家放在一起閱讀，我們可以看到 1920 年代的美國與美國人有多麼引人入勝，而且儘管當時的許多嚴重問題需要某些最聰慧的美國人去解決，但那仍是美國最偉大的年代之一。

也許有人會問，哪一個小說家比較偉大？是費茲傑羅？還是海明威？這是個可以讓人爭論許久的議題，但是就西方學術界的興趣而言，顯然美國文學的學者大多比較關注海明威。五本有關費茲傑羅的書在 2014 年出版，關於海明威的則是四本。然而，從 2000 到 2013 年間，儘管有十二本書與費茲傑羅及其作品為主題，但關於海明威的書卻高達五十一本。2014 年有五篇關於費茲傑羅的期刊文章問世，關於海明威的有二十篇。此外，從 2000 到 2013 年間，出現了兩百七十篇關於費茲傑羅的期刊文章，關於海明威的則為五九五篇。顯然海明威吸引了更多學者的目光，但關注費茲傑羅的人也不少。

就台灣而言，自 2000 年以來，出版界只出版過一本有關費茲傑羅的書，但關於海明威的書數量卻高達三十九本，差距甚大。但有趣的是，有關費海兩人的博碩士論文數量卻不相上下，前者十三本，後者十二本，費茲傑羅甚至略勝一籌。同樣自 2000 年以來，關於費茲傑羅的出版品在大陸僅僅四本，關於海明威的卻高達四十一本。博碩士論文的部分，關於費茲傑羅的論文為二一四本，海明威在這方面的表現遠勝老友：總計有三四九人以他為題材撰寫博碩士論文。

就英美出版界而言，有許多人幫費茲傑羅立傳，但海明威的傳記稍少，也許是因為費茲傑羅一生的悲劇性較為強烈。第一本關於費茲傑羅的傳記是由亞瑟・麥茲納（Arthur Mizener）所寫的《天堂的另一邊：費茲傑羅傳》（*The Far Side of Paradise: A Biography of F. Scott Fitzgerald*，1951 年出版）。費茲傑羅於 1940 年去世時已經沒沒無聞，這本傳記有助於提升世人對他的興趣，至今仍是我個人最愛的一本費茲傑羅傳記。後來，麥茲納又寫了一本《費茲傑羅》（*F. Scott Fitzgerald*，1963 年出版），該書於 2000 年被翻譯成中文，由貓頭鷹出版社出版。近年來有兩本傳記詳細地記載了費茲傑羅的生平事蹟，一本是保羅・布洛迪

（Paul Brody）寫的《費茲傑羅傳的巴黎年代》（*F. Scott Fitzgerald: The Paris Years*，2014 年出版），另一本則是史考特‧唐諾森（Scott Donaldson）的《傻愛成性：費茲傑羅傳》（*Fool for Love: F. Scott Fitzgerald*，2012 年出版）。恰如其分的是，Deckle Edge 出版社於今年 1 月出版了一本以費茲傑羅為主角的小說，內容論及他在好萊塢當編劇的那幾年（1937 到 1940 年），書名是《日落大道以西》（*West of Sunset*）[5]。

卡洛斯‧貝克（Carlos Baker）所寫的海明威傳記深具權威性，迄今仍是最重要的一本，而且陸續有好幾個版本問世。貝克寫的傳記也有中文本，即志文出版社的《海明威傳——廿世紀文壇靈魂人物海明威的一生》（*Ernest Hemingway: A Life Story*）。海明威傳記的中譯本甚多，英國小說家安東尼‧伯吉斯（Anthony Burgess）寫的《海明威與其世界》（*Ernest Hemingway and His World*，1985 年出版）在 1999 年被翻譯成中文，書名改為《海明威》[6]。另外，皇冠出版社在 1997 年出版的《愛在戰火下——海明威刻骨銘心的初戀故事》（*Hemingway in Love and War: The Lost Diary of Agnes von Kurowsky*）是海明威與護士女友庫洛斯基（Agnes von Kurowsky）的愛情故事，論及其早年生涯。這本書的作者之

一亨利·維拉（Henry S. Villard）是海明威於米蘭軍醫院裡的病友，後來成為美國外交官與作家。

　　陳教授就讀輔仁大學比較文學研究所博士班期間曾修過我開設的「費茲傑羅與海明威專題」課程，就此踏上研究兩人的旅程。多年後他寫出了這一本好書，為我們提供了許多關於兩人友誼的洞見。他同時也讓我們更了解費茲傑羅與海明威的人生際遇對於兩人的小說作品有何影響。在閱讀這本書的時候，你不妨也想一想自己這輩子體驗過的許多友誼。

1. 作者註：兩書的中譯本可參考上海譯文出版社所推出的「菲茨杰拉德文集」系列。
2. 作者註：中譯本可參考上海譯文出版社所推出的上下兩冊《海明威短篇小說全集》，還有「午夜巴黎」出版計畫中由逗點出版社推出的陳夏民譯本《我們的時代》。
3. 作者註：於 1971 年推出，但台灣於 1954 年已經有黃淑慎的譯本，書名為《永恆之戀》。
4. 作者註：皆為桂冠出版社出版。
5. 譯按：指費茲傑羅在好萊塢時的住處。
6. 作者註：由貓頭鷹出版社出版。

康士林教授（Professor Nicholas Koss）

為美國印第安納大學比較文學博士，曾任天主教輔仁大學外語學院院長
（2001～2007 年），現為輔大跨文化研究所比較文學博士班講座教授，
並於北京大學比較文學與比較文化研究所擔任特聘教授。康教授於台灣
執教三十餘年，並於 2010 年起獲北京大學延聘為該校教授，其研究專
長為中英美小說、漢學、比較文學方法論、中英翻譯、「文學與宗教」
以及「西方文學中的中國形象」等等。

他不懶，你聰明：超精鍊寫作的最佳示範

何致和

只要讀一本書，就可以一次搞懂海明威與費茲傑羅這兩位大作家？聽起來很不可思議，但《危險的友誼》這本書確實做到了。

某種程度上說，此書與當今網路媒體流行的懶人包有些相似，它們都具有可以在最短時間內，幫助讀者瞭解複雜訊息的能力。當然，「懶人包」這個字眼帶點戲謔，好像有些看低讀者，把被動的接收者貶為不動手的懶人。在此我當然沒有這個意思。之所以提到懶人包，是因為想起多年前的一支相機廣告標語：「他傻瓜，你聰明。」

這句話的表層意義是：選擇傻瓜相機的人，其實都是聰明的使用者。這點可以套用在這本書上，因為會購買閱讀此書的人，必然也都是聰明的讀者。不過那支廣告還暗含另一個隱喻：傻瓜相機雖名為「傻瓜」，但它可一點都不笨，是具有高度工業科技水準的精密產品，其隱藏未被說出的真正形容應是「聰明相機」。

懶人包也一樣。每個懶人包的出現，都是因為有個勤勞的人，辛苦蒐集資料分析整理判讀，又絞盡腦汁思考該以何種最有效方式呈現，才得以製作出來的。所以懶人包其實不該叫「懶人包」，應稱之為「勤勞包」才對。

《危險的友誼》正是如此，它是陳榮彬教授辛勤研究耕耘的成果。光是一個海明威，其著作、傳記、評論與相關研究資料便已卷帙浩繁，再加上一個地位相當的費茲傑羅，該要蒐羅研讀的資料量並不是簡單的一加一，而恐怕是平方再平方了。光想到這點便令人毛骨悚然，更別提這些資料多半都是英語原文。不只這樣，他還得想辦法以最流暢精鍊的文字，僅以六個章節，講清楚這兩位大作家的作品、生平、時代背景、情感世界和糾結纏繞的影響關係。

由於資訊的原始量與實際展現量的不對等，加上其選擇與呈現都只受作者一人主導，因此懶人包常引起疑慮，認為它很容易變成刻意誤導或混淆視聽的工具。不過，這種問題比較常發生在那些和政治有關或涉及某種利益衝突的議題上，且與製作者的心態與能力息息相關。《危險的友誼》並沒有這方面的問題，因為它討論的是文學，這裡沒有利害關係，我們也不需表態支持任何一方。此外，它的製作者是對文學有深厚素養的陳榮彬教授。陳

教授受過嚴格的比較文學專業訓練，長期從事中英翻譯工作，對歐美文學浸淫頗深。就資格上說，你很難找到第二個比他更有條件寫這本書的人。

　　說到這裡，若我們再用簡單的「懶人包」概念來看待此書，那不只得罪了讀者，更是對作者的不敬。不過，如果我們把「懶人包」視為是一種超精鍊寫作文類的話，那就另當別論了。因為在這本書中，陳榮彬便以最流暢練達的文筆，為此種新型的寫作模式做了最佳的示範。

何致和

一九六七年生，東華大學創作與英語文學研究所畢業，輔仁大學比較文學博士候選人，現為文化大學中文系文藝創作組兼任講師。短篇小說曾獲聯合報文學獎、寶島小說獎、教育部文藝創作獎。著有長篇小說《外島書》、《白色城市的憂鬱》、《花街樹屋》，短篇小說集《失去夜的那一夜》。譯有《白噪音》、《惡夢工廠》、《酸臭之屋》等英文小說。

聲音與典禮

葉佳怡

　　讀這本書，讓我又想起了好多事。

　　費茲傑羅與海明威如同當時代的許多人一般，生存命運的底層總是有戰爭這條敘事線。不過在他們的小說中，人生之戰場體現是否與真實的「戰場」有所牽連，似乎確實與他們實際上的二次大戰經驗有關。

　　我始終記得海明威在〈現在我躺下〉裡面的三層聲音：「戰線後方七公里處外有噪音」、「蠶吃著架子上的桑葉，整晚你都可以聽見牠們吃桑葉和在桑葉間掉落的聲音」，以及躺在他身邊的同袍同樣因為失眠躁動而使稻草磨擦發出的聲響。戰線後方的聲響應該至關巨大，但在這樣一個失眠的夜晚卻只是微弱的背景；同袍勸他結婚、那些蠶如同戰場上死去的人們對應自己失眠時的思緒、以及更遠那些他無從掌握的世界……相對於費茲傑

羅，海明威很少去深入描述角色內心直接的感受，然而正是這種與角色內心若即若離相關的寫法，讓我們更有層次地認識了這個角色。

但費茲傑羅始終有一種青年的稚氣與任性，他從未真正進入戰場，對於傷害與愛，他擁有的似乎是一種更純粹的信念與偏執。或許也因為如此，海明威拿他沒有辦法。在海明威號稱當作小說來讀也許可以更清楚看出事實的《流動的饗宴》中，他描寫兩人首次出遊的情節簡直像面對一位煩人的戀人——惱怒又順從。費茲傑羅是能夠放肆哀嘆自身之人，他不是硬漢，他總在死亡與困境中多看到了一點美，在〈瘋狂星期天〉的最後，面對一場死亡風暴，他寫，「生者如同被捲起的紛飛的葉片般，圍繞著亡者處理善後。」彷彿呼應本書作者榮彬老師曾對我說，迷戀賽妲的費茲傑羅要是與她分手，大約會辦一場離婚典禮，正如同他的所有文字都是一場無止盡失敗的淨化苦痛典禮，但仍永遠正面迎擊。

不過，當然，戰爭也只是他們生命中其中一條重要的敘事線，如果想把其他敘事線弄明白，不如就從《危險的友誼：超譯

費茲傑羅 & 海明威》開始，讀讀這些糾纏的時代與生命故事，然後重新去翻翻那些作品，尋找屬於作者人生那些隱藏而細緻的刻痕。

葉佳怡

木柵人。譯者。雜誌編輯。曾出版短篇小說集《溢出》、《染》，散文

集《不安全的慾望》。

真想知道他們是彼此按讚還是成為朋友卻取消訂閱

陳柏青

　　有時比大小，有時爭長短。海明威《流動的饗宴》裡描述費茲傑羅來問海明威關於自己的長短問題，海明威答之「正常大小」，又說感到太小只是因為從上面俯瞰的關係。那也正是此前我們礙於資訊所各別凝視這兩位作家的視角，有時從上面往下看，把他們看小了。有時仰望，又覺得太大了。陳榮彬《危險的友誼：超譯費茲傑羅＆海明威》提供一個 360 度環繞視角的視域，他細數文本與現實人生的關係，若冰山只有八分之一露出水面，則海明威與費茲傑羅的小說又有多少汲取於現實人世？大亨也是從小長大的。

　　在《危險的友誼》裡，既有文本，又讓文本有所本，從外緣文本考察到內在文學分析，有學術，有八卦，什麼都全了，勾勒小說文體，又為我們還原了小說家的身體以及其身世。而且，再沒有比「透過一個小說家之眼」重建另一個小說家要失真，卻又

無比擬真的觀察角度了，也只有《危險的友誼》讓我們以「誼」制「誼」，又由此致意，看陳榮彬細數費茲傑羅與海明威在時間軸與文學戰線上幾度交鋒、交心、交手，交惡 .... 有了長短，更討論深淺，深度有了，深入淺出，海明威文體太硬，費茲傑羅句子太長，這本書一次全齊了，一口氣認識他們兩個，也就認識了美國文學。

陳柏青

1983夏天生，台大台灣文學研究所畢。曾以筆名「葉覆鹿」出版小説《小城市》

第一章
海外的故鄉：那一年，我們在巴黎

相逢 Dingo American Bar

法國巴黎蒙帕納斯（Montparnasse）地區德朗伯赫街十號，
Dingo American Bar。

巴黎是一個處處典故的城市，很多地方都有故事，尤其是
一些咖啡廳與酒館，例如花神咖啡館（Café de Flore）與雙叟咖
啡館（Les deux Magots）等等。1920 年代，有個地方令當年的美
國人——不管是作家或一般美僑——流連忘返，那個地方叫做
Dingo American Bar。酒吧的酒保是個叫做吉米‧查特斯（James
"Jimmy" Charters）的退休輕量級拳擊手，他是個來自利物浦
的英國佬，不是美國人，但因為很多主顧都是美國人才會叫做
American Bar。Dingo 位於人文薈萃的蒙帕納斯，當年是許多藝術
家與作家聚居的地方，特別是德朗伯赫街，法國知名哲學家沙特
（Jean-Paul Sartre）與其愛人西蒙‧波娃（Simone de Beauvoir）也
曾於 1937 年左右住在這一帶。

你以為 Dingo 是澳洲土狗嗎？你錯了——順便教你一個法文
單字：dingo 是「瘋子」的意思。為甚麼酒吧會被取名叫做「瘋
子」，已不可考，但這裡的確是個對美國文學史而言極為重要的
地方，不知有多少美國作家曾在此吃粗鹽醃牛肉與厚塊牛排，喝

純正美國口味的湯，與海外美僑朋友們打屁聊八卦，稍稍紓解思鄉之情。1925 年 4 月底的某天，當時二十九歲的美國暢銷小說家史考特・費茲傑羅（F. Scott Fitzgerald）走進 Dingo Bar，向一個曾當過《多倫多星報》（*Toronto Star*）海外特派記者，剛剛以《三個故事與十首詩》（*Three Stories and Ten Poems*）一書於文壇出道的 26 歲年輕作家恩尼斯特・海明威（Ernest Hemingway）自我介紹。

　　針對這段軼事，海明威在晚年寫成的回憶錄《流動的饗宴》（*A Moveable Feast*）裡面是這樣紀錄的：

　　　　我第一次與史考特・費茲傑羅見面時，發生了一件很奇怪的事。史考特身上常有怪事發生，但這一件是令人難忘的。他走進德朗伯赫街的「瘋子酒吧」，當時我正跟幾個完全不值得一提的人坐在一起喝酒，他介紹了自己，然後又介紹了他身邊那個討人喜歡的高個兒，說他是個名投手，叫做鄧克・查普林（Dunc Chaplin）。我沒有留意普林斯頓的棒球賽，也沒聽過鄧克・查普林這個人，但他是個大好人，看來一副無憂無慮、輕輕鬆鬆的模樣，而且很友善，我喜歡他

遠遠多過喜歡史考特。

　　看過《流動的饗宴》一書的人都知道，海明威在書裡面對費茲傑羅沒有幾句好話，從他所陳述的那些軼事看來，費茲傑羅不但是個失禮的酒鬼，而且跟朋友約好在車站見面還可以隨意放人鴿子。

　　問題是，此書出版時費茲傑羅已經去世快要二十年，沒辦法為自己辯護，海明威這樣損他，是否有違朋友之間的道義？更何況，根據鄧克‧查普林表示，他不只不在巴黎，甚至人也不在歐洲，而且他也不記得自己見過海明威。海明威在晚年時才把三、四十年前的往事寫出來，是否有許多錯誤與遺漏之處？但是，滑頭的海明威在序言中是這樣為自己辯護的：「如果讀者願意的話，也可以把這本書當成小說。但是，這種小說總是有可能提供一些新看法，讓人們能重新看待過去那些被當成事實一般寫在書裡的事情。」

　　總之，不管《流動的饗宴》裡面的那些事情是真是假，費茲傑羅與海明威兩人於 Dingo Bar 裡的相遇應屬無誤。從這一刻起，直到十五年後的 12 月 21 日費茲傑羅因為心臟病而英年早逝（年僅四十四歲），兩人之間的關係始終糾結在一起，因而成為所謂

「失落的一代」（The Lost Generation）這個文學史插曲的一部分，甚至是二十世紀美國文學史中最重要的一段文學夥伴關係。

海明威的巴黎人生

在解釋什麼是「失落的一代」之前，容我打個岔，先談一談海明威與巴黎的因緣。對他來講，巴黎實在太重要，這一個被稱為「花都」、被稱為 City of Light（法文是 la Ville-Lumière，指「光之城」、「啟蒙之城」或「燈之城」，因為巴黎是最早開始使用街燈的歐洲大城之一）的地方，不只是他人生的重要篇章，也是為他滋養出許多小說與非小說作品的文學溫室，而這一切都要從他接下《多倫多星報》海外特派記者的工作開始。1921 年 12 月 8 日，他帶著新婚妻子，年長他八歲的海德莉（Hadley）來到巴黎，兩個人在拉丁區（Le Quartier Latin）住了下來。

拉丁區位於巴黎第五與第六區之間，與拉丁美洲人沒有太大關係，其名稱由來是因為自中世紀以來就開始有許多大學座落此地，其中包括被稱為「索邦」（La Sorbonne）的巴黎大學，因此走在這一區，常常可以聽見學生們在講拉丁文或看拉丁文書籍，因此這實在是巴黎左岸一個人文薈萃的地方。繼續往南

走個兩、三公里，就是鼎鼎大名的蒙帕納斯大道（Boulevard du Montparnasse）了，幾乎所有巴黎最有名，歷史最為悠久的咖啡廳與酒館都位於那一條大道上或附近，它們也都是海明威的生活重心，只有少數例外——例如位於塞納河北邊，也就是右岸地區歌劇院廣場（Place de l'Opéra）的和平咖啡館（Café de la Paix）就給人比較高級與正式的感覺，海明威與妻子到巴黎的第一個聖誕節當天，就是在那裡吃午餐。

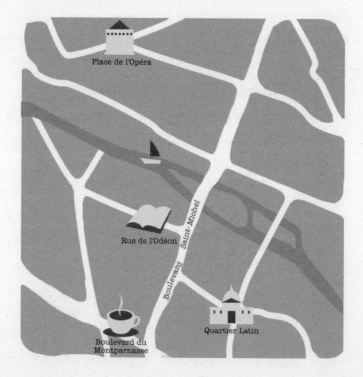

說到蒙帕納斯大道上的咖啡館，首先值得一提的是，1922年3月25日的《多倫多星報》週末副刊上刊登了海明威的〈巴黎的波希米亞風美國人〉（"American Bohemians in Paris"）一文，主要就是介紹位於這條街上的圓亭咖啡館（或圓廳咖啡館，Café de la Rotonde）。當時，這間咖啡館深受許多藝術家與流亡海外的俄國革命人士喜愛，例如曾在巴黎居住四年的蘇俄國父列寧（Vladimir Lenin）就是常客，也難怪海明威說，這裡充滿了波希米亞風味，感覺起來放蕩不羈。海明威試著用一種幽默且幾近戲謔的方式來描述他的見聞：

　　　　圓亭咖啡館的天花板挑高，裡面到處有人吞雲吐霧，擺滿了桌子，乍看，給人一種踏進動物園鳥屋的感覺。咖啡廳裡似乎總是有人不停以各種聲調大聲抱怨，吵吵鬧鬧，偶爾打斷那些聲音的，則是許多位彷彿黑色與白色喜鵲一樣在煙霧中飛來飛去的服務生。

　　海明威還說，圓亭咖啡館就是那些來自紐約格林威治村的「廢渣」（scum）藝術家們聚集的地方。這家咖啡館的另一特色在於，旁邊的哈斯拜爾大道（Boulevard Raspail）與蒙帕納斯大

道交叉口矗立著一尊面容模糊、身形扭曲的銅雕人像，不明所以的人絕對看不出是誰，實際上，它是紀念法國大文豪巴爾扎克（Honoré de Balzac）的雕像，創作者是鼎鼎大名的雕刻家羅丹（Auguste Rodin）。

蒙帕納斯大道上的另一家名店是圓頂咖啡廳（Café du Dôme），海明威夫婦抵達巴黎後，海明威寫信給美國的作家朋友薛伍德·安德生（Sherwood Anderson），抱怨天氣冷得要死，幸虧在圓頂咖啡廳外面有火盆可供取暖，他跟老婆坐在咖啡廳外喝蘭姆調酒（rum punch），那酒喝入口，讓他有種「聖靈附體」的快感。據說，海明威總是每天早上穿著夾克與運動鞋，踮著腳尖，踩著像拳擊手一樣的腳步去圓頂喝咖啡，沿路總會碰到許多朋友跟他打招呼。

當然，對於海明威來講，巴黎可能沒有任何一家咖啡館像丁香園咖啡館（La Closerie des Lilas）那樣重要，因為那是他寫作的地方，早期的名作，包括《我們的時代》（*In Our Time*）與《太陽依舊升起》（*The Sun Also Rises*）都是在那裡完成的（我將在下一章詳述兩書的要旨）。尤其他在《流動的饗宴》裡，曾以充滿詩意的方式描述《我們的時代》這本故事集的創作過程：

我坐在角落用筆記本寫東西，下午的陽光灑在我的肩頭。服務生拿了一杯熱奶油咖啡（café crème）給我，放涼後我先喝了一半，另一半在我寫東西時就擺在桌上。等到我停筆時，我實在不想離開那一條在水池裡可以看見鱒魚的河。

　　在此，海明威的故事集《我們的時代》（*In Our Time*）已經接近尾聲，因為他所提到的故事，正是小說集裡面的名篇〈大雙心河〉（"Big Two-hearted River"）——基於海明威後來闡述的「冰山理論」（Iceberg Theory，本書五章將進一步闡述此一創作理論），它完全沒有提及戰爭，但戰爭的陰影卻像陰魂般到處飄盪，始終繚繞不去。

失落的一代

　　The Lost Generation，失落的一代。

　　「甚麼是失落的一代？」、「他們為何失落？」如果能回答這兩個問題，就等於對二十世紀初的英美文學史有了初步的了解。所謂「失落的一代」，其實包括兩種人：一種是歷經第一次世界大戰洗禮後仍然可以倖存，並且想要靠著寫作在文壇闖出名

號的年輕知識份子。另一種人則純粹是想要靠美元在大戰後的匯兌優勢，離開禁酒令當道的美國，到歐洲去過舒適生活的美國僑民。當然，聚集在巴黎這個法國首都是一回事，他們內心的強烈失落感卻又是另一回事，但或多或少都與第一次世界大戰有關。

　　第一次世界大戰爆發後，世人對於戰爭的本質有了更為透徹的認識。化學武器、坦克車與飛機等最新科技開始出現在戰場上，為期四年多的戰事，導致三千八百萬人陣亡，「上帝已死」，不再只是德國哲學家尼采（Friedrich Nietzsche）的思想宣言，而是許多倖存者以及捐軀將士遺族的共同心聲：「當戰爭發生時，祢在哪裡？」西方文明將近兩千年來的價值基礎遭受質疑，西方世界的精神淪喪，於是詩人艾略特（T.S. Eliot）以倫敦市為背景，在 1922 年用〈荒原〉（"The Waste Land"）這一首長詩，把整個西方世界的精神危機用這樣的句子表達出來：

　　　　虛幻的城市，
　　　　冬晨的棕色煙霧下，
　　　　人群湧過倫敦橋，
　　　　那麼多人，
　　　　我想不到死神毀了那麼多人。

Unreal City,

Under the brown fog of a winter dawn.

A crowd flowed over London Bridge, so many.

I had not thought death had undone so many.

　　光天化日下，竟有這麼多街頭遊魂？當然不是。〈荒原〉是英美現代主義的經典詩作，不是鬼故事。這一段文字其實暗指西方人的精神淪喪，生活失去目的性，猶如四處遊蕩的孤魂野鬼。詩句所描繪的不只是一種都市地景，也是一次大戰後西方文明的殘破景象。

　　就另一方面而言，美國人對於歐洲的熟悉其來有自。美國政府於 1917 年參加第一次世界大戰後，許多年輕作家都到歐洲戰場上當志工，包括同為哈佛畢業的小說家約翰・多斯・帕索斯（John Dos Passos）與詩人康明斯（E. E. Cummings）——這兩人後來都成為現代主義要角，鼎鼎大名的美國冷硬派推理小說（Hard-boiled Mysteries）代表人物達許・漢密特（Dashiell Hammett）則是跟海明威一樣，負責駕駛救護車。沒能上戰場的人，大概就只有費茲傑羅：1917 年從普林斯頓大學肄業，他加入了美國陸軍，接受軍官訓練，但還來不及上戰場，戰事就結束

了。對此，費茲傑羅遺憾終生，也充滿感慨，於是在他的第一部長篇小說《塵世樂園》（*This Side of Paradise*）裡寫下了這樣的句子：他們這個世代的人在「長大後發現眾神已死，所有戰事也都已結束，人的一切信仰都被動搖了……」

回到美國後，這個世代的年輕人發現難以融入戰後的美國新社會，特別是在保守宗教勢力的主導下，美國國會通過了憲法第十八條修正案，1920 年 1 月開始，美國歷史進入了長達十年的禁酒令時代，他們需要一個更自由的環境，更多的刺激與可能性，因此，他們發現自己又回到了熟悉的歐洲，對他們而言充滿魅力的巴黎更是令人趨之若鶩。當然，美國的年輕作家選擇到巴黎生活的另一個考量其實與經濟有關：美元幣值越來越高，戰爭結束後一年，一塊美元從原本可以兌換八塊法郎，升高到十五塊，到 1925 年甚至變成二十二塊。作家的收入微薄，但或許到了巴黎或歐洲的其他地方，他們可以憑藉美元的優勢過得還不錯，甚至過著比在國內還要好的生活。1922 年 2 月 4 日，《多倫多星報》的週刊上登了一篇海明威寫的文章，內容很有趣，篇名叫〈一千美元可以在巴黎生活一年〉（"Living on ＄1,000 a Year in Paris"）：海明威說，「匯率是一種很美妙的東西」，如果加幣與法郎的匯率相當，那年收入僅僅一千塊的加拿大人在巴

黎可能會餓死。文章一開頭就展現出他的簡潔文風，還有一種特有的幽默感：

　　冬天的巴黎多雨、寒冷、美麗又便宜。同時它也是嘈雜、騷亂、擁擠與便宜的。巴黎具有你所想要的各種面貌——而且它好便宜。

　　海明威一開始就 "cheap…cheap…cheap" 個不停，這讓文字有一種特有的音感與韻律感，同時你也很難想像可以用 "cheap" 這個形容詞來描述一個城市。但到底有多便宜？他說，他跟新婚妻子海德莉住在巴黎美術學院後面雅各街上的一間旅館，走到杜勒麗花園（Jardin des Tuleries）只需幾分鐘路程，地段如此美妙，但一間雙人房一天只要價十二法郎，換算起來，月租僅僅三十美元，一年也不過三百六十美元。他接著詳實地把巴黎的食物價格寫在文章裡，總之無論什麼東西，都是如此便宜——當然，這是對於賺美金的人而言，而且也有些高級大飯店一天單人房房價就要六十法郎。優惠的匯率吸引失落的一代的年輕人前往巴黎，而費茲傑羅與海明威自然是這失落的一代年輕人中的代表人物，在這樣的歷史、文化與經濟背景下，兩個同樣來自美國中西部的青

年，於萬里之外的巴黎相識。他們倆對於「失落的一代」，都曾有過自己的一番詮釋，我們將在下一章看看費茲傑羅如何用《大亨小傳》（*The Great Gatsby*）、海明威如何用《太陽依舊升起》來看待參戰青年於戰後的人生。

來自中西部

從種種文字記錄來看，費茲傑羅與海明威兩人曾有過一段彼此肯定、惺惺相惜的情誼。事實上，這一點都不難理解，因為在背景上，實在很難找到另外兩個像他們這樣相似卻又對比強烈的作家。

從故鄉來看，費茲傑羅出生於明尼蘇達州的聖保羅市，海明威的家鄉是伊利諾州芝加哥市郊區的橡樹園鎮（Oak Park），兩個州都位於美國北邊的大湖區，僅僅被愛荷華州隔開，因此，他們都是離開中西部，到其他地方去打拚事業的美國青年。從家庭的角度來看，兩人都有一個充滿活力、來自富裕家庭的母親，相較之下，父親的人生就顯得較失敗。費茲傑羅的父親愛德華在他出生前曾是個傢俱公司老闆，後來生意失敗，到紐約州的寶僑生活用品公司（P&G）上班，因此費茲傑羅的童年是在水牛城度

過的;被寶僑開除後,愛德華彷彿洩了氣的皮球,帶著全家返回聖保羅市,靠幫姻親工作過活,餘生的二十幾年始終落落寡歡,也有酗酒問題,最後於 1931 年在華盛頓市去世,人在瑞士的兒子還趕回來幫他料理後事。

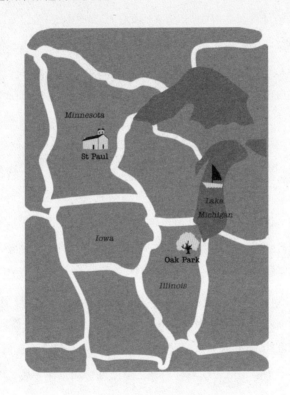

海明威的父親克萊倫斯是個內科醫生，母親是個音樂家，兩人雖然都是家鄉受到敬重的人物，但克萊倫斯始終疾病纏身，而且也有財務問題，最後在 1928 年用一把美國南北戰爭時期留下來的手槍自盡。事實上，當時海明威已經靠小說《太陽依舊升起》及故事集《沒有女人的男人》（*Men without Women*）確立了暢銷作家地位，與新婚的第二任妻子寶琳（Pauline Pfeiffer）在佛羅里達州的基威斯特島（Key West）定居（這是多年來他第一次於美國建立自己的家園），還寫信給父親，要他別擔心財務問題——可惜信件在他父親死後不久才抵達。總之，父親去世讓海明威與費茲傑羅一樣都感到極為難過。

說到人生的殊異之處，兩人也呈現出極大的反差。費茲傑羅是常春藤名校普林斯頓大學學生，海明威高中畢業後就到報社去當記者，但也因此海明威有機會親身參與第一次世界大戰，前往前線開救護車：年僅十八歲的他才參戰半年就被砲火擊傷，在醫院待半年後回到美國。為此，費茲傑羅永遠羨慕海明威的際遇，或許也因而多少帶著崇拜的眼光看待他。費茲傑羅一生只有過一任妻子：他深愛的賽姐（Zelda）。他非常寵愛賽姐，讓她過著揮霍無度的生活，兩人一起酗酒，最後她因為精神病發而長期住院，接受治療，費茲傑羅則是為了還債而拚命工作，最後因心臟

病發身亡——幾年後，賽姐於精神病院的火災中葬身火海。海明威的花心是有名的，一生有過四任妻子：與第一任妻子海德莉離異時，他把《太陽依舊升起》的小說與電影版稅當作贍養費給了她（電影的中文譯名是《妾似朝陽又照君》），而後面的三任妻子，寶琳、瑪莎（Martha Gellhorn）及瑪莉（Mary Welsh）都是女記者，其中以瑪莎的知名度最高。

費茲傑羅的文字優雅，用字相對來講較難，複雜的句子也可以說是他的文風。海明威則是以知名的「電報體」（telegram style）作為個人寫作風格，文句精簡，直率，主要是受到早年記者生涯的影響。費茲傑羅一生始終為缺錢而感到焦慮，差點因為沒錢而無法進入普林斯頓就讀，連老婆賽姐都曾與他解除婚約，等他的第一本小說《塵世樂園》出版後，證明他能夠靠寫作維生，才又改變心意，下嫁於他。對於這樣一個生活周遭都是富人的小說家而言，他的小說作品除了描寫情愛，自然也充滿了對於美國上流社會成員的批判與嘲諷，可能有時又帶著一點點同情，從《美麗與毀滅》（The Beautiful and the Damned）裡面那一對極盡荒唐之能事的富家夫妻，到《大亨小傳》裡那些無情無義的美國東岸有錢人，還有隨後的《夜未央》（Tender Is the Night）與《最後的大亨》（The Last Tycoon）等，都是這方面的代表作。

海明威的創作與其畢生對於男性陽剛魅力的追求始終保持密切關係，《太陽依舊升起》、《戰地春夢》（*A Farewell to Arms*）與《戰地鐘聲》（*For Whom the Bell Tolls*）等三本小說奠定了他在二十世紀戰爭小說的重要地位，也反映出他參加世界大戰與西班牙內戰的經驗，至於散文集《午後之死》（*Death in the Afternoon*）、《危險之夏》（*The Dangerous Summer*）、《非洲的青山》（*Green Hills of Africa*）以及《曙光示真》（*True at First Light*），前兩本代表他對於西班牙鬥牛運動的熱情不只是純粹業餘的愛好，而是用專業的眼光去反省鬥牛士那種命懸一線的人生，後兩本則記錄了他在非洲進行狩獵活動時的種種體驗。當然，說到他最愛的釣魚，自然不能不提 1953 年為他奪得普立茲獎，1954 年獲頒諾貝爾獎時也被瑞典皇家學院提及的《老人與海》（*The Old Man and the Sea*）──老人桑提亞哥與那一條巨大馬林魚在海上奮戰幾天幾夜，是男性體能的極致表現。

事實上，他們倆對於對方的肯定都極為真誠。海明威在《流動的饗宴》裡面對費茲傑羅留下了這樣的評語：看過《大亨小傳》後，他覺得不管費茲傑羅做了甚麼離譜的事，他都得把那當成是費茲傑羅生病了，他必須以一個好友的立場竭力幫助他，「因為，他如果寫得出那樣的書，就寫得出更好的書。」這可能是海

明威對任何一位同行給過的最大恭維了。至於費茲傑羅,儘管賽姐始終對於海明威沒有好感,說他是個「假貨」(bogus),但他一開始對海明威的評價是:「他是個有真材實料的傢伙。(He's the real thing.)」;更重要的是,他給予海明威足以扭轉其寫作生涯的幫助,兩人的人生從 1925 年相識後便走入了一個交叉的分水嶺。

人生交叉點

1924 年 10 月,《大亨小傳》原稿的最後完工階段,費茲傑羅抽空寫了一封信給他的編輯麥斯威爾·柏金斯(Maxwell Perkins),說他知道有個年輕作家極具潛力,其作品反映出純粹的小說技藝,「是個有真材實料的傢伙。」事實上,把海明威的作品介紹給費茲傑羅的,是他普林斯頓大學的同窗,知名文評家艾德蒙·威爾遜(Edmund Wilson)。費茲傑羅一看到海明威的作品後,就起了惜才之忱,而且也證明他的確是慧眼識英雄,後來在兩個人十幾年的互動中,曾有一度(特別是前幾年)給予海明威極多有用的修改建議。然而真正對他幫助最大的,當然就是將他介紹給史氏(Scribner's)這家紐約的大出版社。

1925 年的海明威其實已經跟波尼 & 李維萊特出版社（Boni & Liveright）有約在身，這也是一家位於紐約的出版社，但其規模自然不能與史氏相提並論。為此，當費茲傑羅表示要把他介紹給史氏時，海明威就感到很後悔，因為他最早一本故事集，也就是以尼克·亞當斯（Nick Adams）這名醫生之子為主角的《我們的時代》即將交由波尼 & 李維萊特出版，後來該出版社在 10 月幫他出書時只印行了一千三百多本，這讓他更感到非設法與他們解約不可。

於是，到了 1926 年 2 月，海明威先到紐約去跟柏金斯見面，返回巴黎後，他花了十天時間完成不到一百頁的中篇小說《春潮》（*The Torrents of Spring*），把稿子提交給波尼 & 李維萊特出版社。問題是，這本小說顯然是用來嘲諷該出版社的最大牌作家薛伍德·安德生（Sherwood Anderson），全篇可以看出他刻意模仿安德生於前一年出版的《黑暗的笑聲》（*Dark Laughter*），但卻把他那嚴肅的性解放主題改成處處充滿嬉笑怒罵的情節。《春潮》的故事以密西根州為背景，故事主角是一個叫做史奎布斯（Scripps）與另一個叫做尤基（Yogi）的男人——光聽主角的名字就覺得是個挺愚蠢的故事。前者與一家餐廳的女服務生結婚之後，發現自己又想染指另一個女服務生，後者則發現自己對女人

可説是一點慾望也沒有——但最後一個印地安女人終於撩起了他的慾火,性無能問題不藥而癒。

　　安德生與海明威一樣來自伊利諾州,是他的前輩,甚至海明威還曾帶著妻子海德莉去拜訪過安德生,說他們婚後要到義大利去住,他們還是在安德生的建議下才改赴巴黎的。如今,海明威為了行使「脱逃條款」,讓出版社退他的稿,促使合約自動失效,在與費茲傑羅商議過後決定採取這種手段,其實並不厚道。後來,海明威與史氏出版社簽約,史氏不但幫他出版了《春潮》,也答應出版《太陽依舊升起》。《春潮》的出版直接導致安德生與海明威兩人絕裂,但《太陽依舊升起》出版後,海明威的作家生涯就像東昇的旭日般,走得越來越順;反觀費茲傑羅,《大亨小傳》卻成為他最後一部叫好又叫座的作品,《夜未央》在他生前並未獲得肯定,《最後的大亨》甚至沒有完成,是在他去世後才出版的。往後的生涯,他變成一個必須以短篇小説餬口,前往好萊塢發展編劇事業也受挫,逐漸被打入人生失敗組的可憐作家。

　　1925 年,費茲傑羅與海明威相識的那一年,兩人運勢逆轉,這一年也是前者達到顛峰開始往下墜,後者從谷底往上爬的人生交叉點。

左　根據海明威巴黎時代回憶錄《流動的饗宴》第
　　十七章的記載，費海兩人即是在圖中巴黎的「瘋
　　子酒吧」初識。

右　巴黎的丁香園咖啡廳，是海明威撰寫《我們的
　　時代》與《太陽依舊升起》的地方。

左　　1905 年，年僅六歲的海明威，可愛的模樣相當
　　　討人喜歡。

右　　1923 年海明威護照上的照片，是他相當具有代
　　　表性的一張年輕時期照片

左　1921 年的費茲傑羅，喜歡穿訂製西裝的他看來
　　極其帥氣體面。前一年他因為第一本長篇小說
　　《塵世樂園》而於一夕之間成為暢銷作家，一
　　舉一動都是媒體的注目焦點。

右　1925 年，海明威因為費茲傑羅的推薦而認識圖
　　中的麥斯威爾·柏金斯，此後十幾年間，柏金
　　斯一直是兩人共同的編輯。

第二章
惡夢之餘，也有春夢——
費茲傑羅與海明威論戰爭

軼事一則

前一章提到，海明威在婚後帶著大他八歲的新婚妻子海德莉前往巴黎，時間約莫在 1921 年年底。去巴黎沒多久後，他就成為那一家號稱全世界最有名的書店，也就是莎士比亞書店（1919 開業，1940 結束營業，目前在巴黎營業的那一家並非原店）的「最佳顧客」，也是書店老闆雪維兒・畢奇（Sylvia Beach）的好友。想知道海明威年輕時怎麼當爸爸與丈夫，怎樣當《多倫多星報》的特派記者，與巴黎的英美作家之間有何恩怨，不妨看看雪維兒的自傳《莎士比亞書店》（*Shakespeare and Company*），書裡有極為有趣的描寫。

雪維兒的另一項豐功偉業是幫助小說家詹姆斯・喬伊斯（James Joyce）出版其代表作《尤利西斯》（*Ulysses*），當它被美國政府列為禁書後，一開始就是託海明威的朋友走私回國。二次大戰期間，莎士比亞書店因故被迫結束營業，美軍解放巴黎時發生了一件很感人的小故事，《莎士比亞書店》一書裡是這樣描寫的：

劇院街上還是有一堆槍戰，我們實在受夠了。有天，一輛輛吉普車開進大街，在我書店門口停下。我聽見一個低沉的聲音呼喊：「雪維兒！」那聲音傳遍了整個街道。愛德希埃娜大叫說：「是海明威！是海明威！」我衝下樓，撞上了迎面而來的海明威。他把我抱起來轉圈圈，一邊親吻我，而街道旁跟窗邊的人們全都發出了歡呼聲。

　　海明威幫雪維兒肅清了劇院街（Rue de l'Odeon）樓房屋頂上的德軍狙擊手，吃了一塊蛋糕、清洗過髒污的身體後，又帶著他的武裝小隊搭乘吉普車離去，他說接下去要解放麗池酒店（The Ritz）的酒窖。

　　這就是海明威。雖然他因視力問題無法當兵，但他為西班牙內戰期間的左翼政府共和部隊出錢出力，1944 至 1945 年間獲聘為戰地記者，隨美軍第二十二步兵團向巴黎挺進，在解放巴黎的戰役中領導民兵作戰，甚至因此惹上了官司（根據《日內瓦和約》規定，戰地記者不得指揮部隊），但戰士的形象跟著他一輩子——除了獵人、拳擊手、釣客、漁夫、鬥牛專家與作家以外，他還是個老兵，因此，他的戰爭小說寫來特別有味道。接下來，我

們要看看費茲傑羅與海明威分別透過什麼樣的角度來書寫戰爭，而且是與兩人都密切相關的第一次世界大戰。

戰爭是現代主義的成年禮

二十世紀的現代主義是一個世界性的文學運動，第一次世界大戰後的十年間，戰爭成為現代主義小說的普世題旨，1929 年是極為關鍵的一年——那一年，除了海明威以他在義大利開救護車的經歷出版了自傳性小說《戰地春夢》（*A Farewell to Arms*），德國小說家雷馬克（Erich Maria Remarque）的反戰小說經典《西線無戰事》（*Im Westen nichts Neues*）也問世，另一個美國小說家福克納（William Faulkner）曾投入加拿大空軍受訓，雖未真正參戰，但也以戰爭主題推出了他的第三本小說《沙多里斯》（*Sartoris*），描繪退役飛行員貝雅德‧沙多里斯無法擺脫雙胞胎兄弟約翰戰死的陰影，返鄉後染上飆車惡習，最後引發一場車禍，害死同車的祖父，而他自己則離開了家鄉，幾個月後死於一次飛機試飛任務，那天剛好是他兒子出生的日子。同樣，在西部戰線當過軍官的英國詩人小說家理查‧奧丁頓（Richard Aldington）也於這一年推出小說處女作《英雄之死》（*Death of a Hero*），該小說因反映戰爭的諸多問題而遭查禁。

第一次世界大戰於 1914 年 7 月開打，1918 年 11 月 11 日終戰，美國於 1917 年參戰，費茲傑羅在升大四那一年暑假參加軍官考試，年底獲軍官委任狀，離開普林斯頓大學，前往堪薩斯州的李文渥斯堡（Fort Leavenworth）受訓，預計九個月後將被派往法國前線參戰。他在寫給母親的信裡說，「如果妳想祈禱，就為我的靈魂祈禱，而不是祈禱我不要陣亡——我會不會陣亡不重要，如果妳是個虔誠天主教徒，就該幫我的靈魂祈禱。對於我這種抱持著極度悲觀人生態度的人而言，冒險並不令人難過。我從來沒有那麼快活過。」

根據當時的統計數字顯示，基層的英國士兵上戰場後，平均每個人只能夠活二十一天，當戰事吃緊時，美軍一個月內會有兩千名軍官陣亡。結果，這位費茲傑羅少尉終究只待在美國國內，包括在肯塔基、阿拉巴馬、喬治亞與紐約各州的軍營裡受訓，最後以中尉官階除役。對以身殉國抱持著浪漫幻想的他，雖然不怕在歐洲的西部戰線上捐軀，但死亡的陰影終究形成一股督促他在被派往歐洲前寫出一本小說的動力，因此在軍中研讀訓練手冊之餘，他也拿著筆記本認真寫小說，唯恐自己沒有辦法在死前留下一部作品。而那本小說即是出版於 1920 年，讓他追回本已跟他解除婚約的未婚妻、娶她為妻，且讓他一夕成名的《塵世樂園》。

戰爭可以說是海明威家的「家族事業」。海明威的祖父與外祖父都是南北戰爭期間的北軍成員，甚至祖父安森‧海明威（Anson Tyler Hemingway）還曾在 1864 年被林肯總統授階為尉官，並被派往密西西比州籌建黑人步兵兵團。他自己在七、八歲時特別喜歡讀《聖經》，理由是裡面有許多關於戰爭的故事。美國參加歐戰時，海明威正在就讀高三，他跟許多同學一樣想從軍，但他的父親海明威醫生持反對態度。畢業後，海明威沒有繼續升學，他到《堪薩斯星報》報社當記者，儘管因為視力太差而被驗退卻仍不死心，他在信中跟姐姐瑪瑟琳（Marcelline Hemingway）說，「我不能就這樣看著這場好戲從我眼前溜過，完全置身事外」。於是，翌年春，他跟美國紅十字會簽了六年合約，於 1918 年 5 月從紐約搭船前往巴黎，於 6 月初搭火車抵達義大利北部，駐紮於一個叫做斯基奧（Schio）的小鎮。

　　對於二十世紀初的現代主義小說家而言，戰爭彷彿是一種成年禮。費茲傑羅在死亡的陰影籠罩下完成了《塵世樂園》，海明威則是因為在戰地受傷而成為一個男人（他在受傷後還搭救了一名義大利士兵），把他的戰爭初體驗寫成《我們的時代》與《戰地春夢》，戰爭顯然是把他們淬鍊成作家的催化劑。有趣的是，儘管費茲傑羅沒上過戰場，但他一輩子完成的一百多篇短篇小

說，許多都與第一次世界大戰有關，《塵世樂園》與《大亨小傳》的主角艾莫瑞‧布雷恩（Amory Blaine）與傑‧蓋茨比（Jay Gatsby）則都是退伍軍人。而且，與海明威不同的是，費茲傑羅雖然寫了許多與南北戰爭以及第一次世界大戰有關的「戰爭小說」，但卻很少描寫烽火連天的場面，而是著重在戰爭對於國家、歷史、社會以及個人的毀滅性影響。

《太陽依舊升起》：《塵世樂園》的續篇？

就篇章結構而言，《塵世樂園》有「上、下卷」（或第一、二卷）兩部分，以及隔開兩卷的「插曲」（interlude）。小說家常把自己的生命融入寫作中，費茲傑羅亦不例外，因此，這部小說最精采的部分就在主角艾莫瑞就讀普林斯頓大學時期校園生活的種種，以及畢業之後生活在紐約所遭逢的一連串打擊與困頓（父親的遺產投資失利，幾段戀情都告吹，找不到薪水好的工作），介於這兩者之間的，就是所謂「插曲」：主角從「1917年5月至1919年2月」的軍旅生涯。這段不到兩年的時間，在小說裡以兩封信的內容與一首詩歌來呈現，詩歌主題「今晚我們開拔」把軍人在運兵船上等候抵達前線的心情描寫得極為深刻，

而透過艾莫瑞寫給好友的信件，也顯示戰後等待退役的那段時間，不但有些同學在戰事中捐軀，同時他的母親也去世，死亡的衝擊讓他對人生有了一番新體悟。

人生的挫敗接踵而來，《塵世樂園》第二卷裡的艾莫瑞再也不是那個天真的大學生，好友的妹妹嫌貧愛富，拋棄了他，害他瘋狂地連續酗酒三週，當他決定讓生活回歸常軌之際，美國又正好步入另一個歷史階段：1919 年月 1 日禮拜二，美國在那天施行禁酒令，艾莫瑞發現他的日子再也不一樣了。返回社會後，他對於廣告公司的工作環境不滿，他說：「週薪三十五元──一個好木匠賺得還比我多。」艾莫瑞討厭軍隊，痛恨商場，在朋友面前，他左批布爾什維克主義，右打資本主義，誓言要用機關槍與炸彈去對付它們，在美國這個經濟高度發達的戰後社會，他變成一個什麼也不信任，只信仰社會革命的犬儒主義者。在小說的最後，他重回普大校園，四處閒蕩後在夜空下握拳高呼：「我了解我自己。但也只有這樣而已。」然而接下來他該怎麼辦？難道真要持槍搶劫資本家開的銀行嗎？

或許，他可以離開紐約，到歐洲去。對，去歐洲的任何一個城市，特別是巴黎。看看《太陽依舊升起》裡面，艾莫瑞的普林斯頓大學校友勞勃・康恩（Robert Cohn）的日子過得多麼愜意。

勞勃是普大的冠軍拳擊手，一個來自紐約富有家庭的猶太人。我不是說他要像勞勃一樣要靠女人養——但是，艾莫瑞的母親已經去世，所以不像勞勃的媽一樣可以每個月給他三百美元零用錢。不過，靠著美元在戰後的匯率優勢，或許法文嚇嚇叫的艾莫瑞可以在巴黎覓得一份特派記者的工作，寫寫文章，然後過著像勞勃一樣「博覽群書、玩橋牌與打網球，然後到健身房去打拳」的悠閒生活。而且，像艾莫瑞那樣文采非凡，曾當過校刊《普大人日報》（*The Daily Princetonian*）的幹部，寫出來的小說肯定不會像勞勃那樣被批得一文不值。

就此而論，我們或許可以將海明威的《太陽依舊升起》視為費茲傑羅《塵世樂園》之續篇，兩者的出版時間雖相隔六年，但主題卻前後呼應，《太陽依舊升起》描寫大戰後一群美國人在巴黎的生活，主角傑克‧巴恩斯（Jake Barnes）跟作者一樣是海外特派記者，勞勃是他打網球認識的球友，比爾‧戈頓（Bill Gorton）則是個知名作家，傑克與比爾都是歐戰的退伍軍人，戰爭令他們身心俱疲。小說的故事圍繞著傑克的英籍前女友布蕾特‧艾許力女士（Lady Brett Ashley）發展，除了傑克與勞勃以外，書裡迷上她的人還包括英國退伍軍人麥克‧坎貝（Mike Campbell，她的未婚夫）、希臘伯爵米皮波波魯斯（Count

Mippipopolous）以及年輕的西班牙鬥牛士派德羅・羅美洛（Pedro Romero）。

　　有趣的是，到了故事第二卷，當大家一起趁著聖費爾明節到西班牙潘普洛納市（Pamplona）欣賞鬥牛比賽時，醋勁大發的勞勃先把傑克與麥克摔倒，再去找布蕾特的新歡鬥牛士羅美洛算帳，把他痛扁一頓，然後自己跑回房間裡痛哭。此刻，讀者恍然大悟，這才明白為什麼作者要把勞勃描寫成一個拳擊手。事實上，在這本書裡，勞勃是一個很特殊的角色：幾個來自英美的男人裡，只有他不是退伍軍人，而且他對愛情還抱持一種較浪漫而傳統的觀念，佔有慾強，因此惹人討厭——更重要的是，他也是唯一的猶太人，這一點讓他與其他人的友誼一直存在緊張關係。

　　說到這裡，你也許會認定海明威對於「失落一代」的看法就是如此：像布蕾特一樣，因為在戰亂中失去丈夫而變成一個水性楊花的女人，或像比爾、傑克、麥克等人，用酒精麻醉自己。但是，海明威原本打算把這本小說命名為「失落的一代」或「聖費爾明節」（"Fiesta"），後來卻根據《舊約聖經》裡面〈傳道書〉（"Ecclesiastes"）的這段文字來為小說命名，值得深思：

　　　一代過去，一代復還，大地長存……太陽依舊升

起，太陽西沉，急著往它要上升的地方而去……（One generation passeth away, and another generation cometh; but the earth abideth forever…The sun also ariseth, and the sun goeth down, and hasteth to the place where he arose…）

簡而言之，在海明威的詮釋之下，〈傳道書〉的主旨雖是「太陽底下無鮮事」，但積極面則為這個世界生生不息，不會被戰爭毀滅，傑克雖因戰爭受創，但他不是仍好好地活著嗎？據傑克在第一卷第五章裡描述，他的一天是這樣開始的：「早上我沿聖米歇大街走到索佛洛路喝咖啡，吃法式奶油麵包。那是個挺不錯的早晨。盧森堡花園的七葉樹正在盛綻。空氣彌漫熱天清晨給人的那種愉悅感。我邊看報，邊喝咖啡，然後抽根菸」，這實在是一種令人羨慕不已的生活方式。

身傷，心更傷

如前所述，第一次世界大戰爆發後，海明威便一直想參戰，但因視力問題被驗退，因此只能加入美國紅十字會，被派往義大

利皮亞韋河（Piave River）前線開救護車並負責補給工作。皮亞韋河之役是義大利與奧匈帝國之間的最後一場惡戰，奧匈帝國損失慘重，有二十萬人傷亡，戰局也就此大勢底定。海明威於 6 月 4 日抵達戰況猛烈的皮亞韋河，沒多久，7 月 8 日就被奧國士兵用迫擊砲炸傷，但他仍設法搭救了一位義大利士兵，因此戰後獲義大利政府頒發勳章——儘管他的膝蓋嚴重受傷，醫生從他的腿部與膝蓋取出了二二七片迫擊砲碎片（他把它們全放在碗裡，送給到醫院探病的人當紀念品），還差一點被截肢，但他堅持拒絕；不過，跟他在一起的三個義大利人就沒那麼好運，他們的腿全被炸斷了。

　　肢體殘障在戰場很常見，除了海明威自己差點殘廢，像前一節提及的《太陽依舊升起》男主角傑克‧巴恩斯，之所以無法跟英籍前女友布蕾特‧艾許力女士繼續交往，從小說的某些情節推測，我們可以推想他因戰爭受傷導致無法人道，留下了永遠的身心陰影。身體的傷也許有辦法痊癒，但內心的創傷卻像夢魘般如影隨形，這是許多戰爭文學的共同主題，而海明威最厲害之處在於他並未以平鋪直敍的方式來談論那種恐懼與創傷，而是用印象或情景的描寫，把故事中人物的戰爭所見所聞清楚呈現出來，讀者閱讀後，自有辦法體會戰爭經驗的殘酷。當然，這種隱晦暗示

的手法與海明威後來在《午後之死》（*Death in the Afternoon*）這本以鬥牛活動為主題的散文集裡所說的「冰山理論」有很大關係：冰山的移動之所以壯闊，是因為只有八分之一的浮冰在水面之上——換言之，水面下的八分之七才是令人感到敬畏並懼怕的，因此那些沒有被寫出來，必須靠讀者們去想像的戰爭情節，才是最可怕的。

　　海明威令人印象最深刻的戰爭故事之一，是《我們的時代》故事集第一篇，〈市麥那碼頭上〉（"On the Quai at Smyrna"）。這故事以第一次世界大戰結束後接踵而來的希臘土耳其戰爭（1919-1922）為歷史背景，故事敘述者是土耳其陣營的一名軍官，戰爭時，種種混亂景象由他娓娓道來，平淡無奇的口吻反而令人心驚，就像他說的：「你記得那海港吧。水面漂著各式各樣的好東西。我生平唯一遇上的一次，大概因此讓我老是做夢。」這軍官沒提到那些東西是什麼，但我們可以想像會讓他做惡夢的，不外乎是一具具屍體，而且可能都殘缺不全，甚或還有婦孺的屍體。軍官甚至說，希臘人把無法帶走的牲口全都打斷腿，丟入淺灘，他說：「看了真爽。我說啊這看了真的很爽。」別誤會了，其實不是這名軍官生性變態，而是海明威試著去揣摩他那震驚到了極點，幾乎超過負荷極限的混亂心理狀態，而這一

切都是戰爭害的，透過這種反諷口吻，讀者更能了解戰爭有多麼可怕。

　　身為《多倫多星報》的特派記者，海明威的職責之一就是為讀者報導第一次世界大戰後立刻開打，而且一打就打了三年的希臘土耳其戰爭，這場戰爭的主軸是希土兩國的領土之爭，但看在年輕記者海明威眼底，除了觀察到國際戰局之外，戰火下的黎民百姓也是他關切的重點，因此他在 1922 年 10 月 20 日的《多倫多星報》上發表了一篇短文，名為〈一支沉默而可怕的隊伍〉（"A Silent, Ghastly Procession"），文章背景是當時希臘部隊遭遇重挫，色雷斯（Thrace）東部為數高達二十五萬的基督教信徒害怕遭信奉回教的土耳其人迫害，不得不選擇流亡，把家園拋諸腦後，逃往馬其頓，一條長達二十英哩的難民隊伍彷彿沒有盡頭，不分男女老幼都帶著僅存家當，一起在雨中蹣跚前進，一旁的希臘騎兵還時時不忘像驅趕牛隻般催促他們加快腳步，所有的人都不發一語，出聲的人只有一個躺在車上分娩的孕婦——不難想像，海明威想說的是，那位孕婦的淒厲叫聲簡直就是難民們心底最誠摯的吶喊。在大雨中逃難撤退的場景似乎令海明威特別刻骨銘心，多年後，當他創作戰爭小說代表作《戰地春夢》時，也把歷史上有名的卡波雷托大撤退（The Caporetto Retreat，發生於

1917 年）寫了進去，故事中只見義大利部隊所有人員帶著一部分平民與各種設備匆匆地撤離前線，一路大雨不止，沿途盡是泥濘，就像某位救護車駕駛說的，「我們在路上一定像極了地獄」（"We'll have a hell of a trip"，意指沿途的際遇一定糟糕無比）。

《我們的時代》的最後一則故事〈大雙心河〉分上下兩篇，故事改編自海明威的親身經歷。在義大利皮亞韋河前線受傷後，他被送至米蘭，養傷數月後返回美國。當時他跟兩個高中友人一起前往密西根州北部的賽尼鎮（Seney）釣魚，不過在〈大雙心河〉裡，主角尼克‧亞當斯（Nick Adams）則是獨自前往。尼克下了火車，只見森林大火把「過去那由十三座酒吧連成一條大街的賽尼鎮」燒得僅剩斷垣殘壁，商旅酒店的地基都曝露在地表；當然，故事敘述者並未提及眼前的景象是否讓尼克再度想起在義大利前線被戰火給蹂躪的城鎮，但如此怵目驚心的畫面難免讓尼克這位剛剛返鄉的退伍士兵聯想到他在戰場的遭遇。進入山林後，他又遇到一隻從燒燬區來的蚱蜢，儘管大火是去年發生的事，牠卻仍然渾身漆黑，尼克思考著牠能這樣撐多久。最後他喃喃自語說：「走吧，蚱蜢……飛到別的地方去吧，哪裡都好」這些給蚱蜢的話，聽起來也像在召喚過去的自己，提醒自己趕快離開戰場，去哪裡都好。

釣魚療傷本來是個好主意，更何況尼克跟海明威一樣是個技巧精湛的釣魚老手，徜徉在山林與河流之間，大自然的療癒能力應該能讓尼克心裡的傷痛漸漸平復。〈大雙心河〉的下篇描述尼克經過一夜紮營與休息後開始他的釣鱒魚之旅，釣魚過程非常精彩，反映海明威對釣魚的細節十分熟悉，是任何釣客都不該錯過的經典釣魚故事，但我們必須從更深層的意涵來瞭解這篇故事與戰爭的關聯性。紮營的那晚，尼克吃晚餐時看著河的另一頭沼地升起了一片霧靄，他一邊吃東西，一邊喃喃自語，「天啊……我的天啊（Chrize… Geezus Chrize）」沒有人知道他在想什麼，但可以想像，那片沼地或許又讓他想起自己曾陷在泥濘的皮亞韋河裡，那些交戰景象又一次浮現他的腦海——當然，根據海明威的冰山理論，這些都是不該寫出來的，因此我們不難理解在〈大雙心河〉的下篇，為何尼克最後放棄到沼地去釣魚，而且還要等很多時日才能到那裡去。顯然，理由不只在於他因為釣魚而筋疲力盡，而是要等到他戰時的創傷平復。與身傷相較，心傷更需要時間痊癒。

能夠療癒心傷的不只是真正的釣魚之旅，即便只在想像或回憶中也可以。海明威於 1927 年出版短篇小說集《沒有女人的男人》（*Men without Women*），其中有篇故事叫〈現在我躺下〉

（ "Now I Lay Me" ），主要就是描述尼克被炸彈炸傷後身體有待痊癒，心理卻出現了許多改變，他說自己有種靈魂出竅的感覺，飛走後又折返回來，每當要入睡，他都要費很大一番功夫才能制止靈魂出竅。當然，尼克並非真正靈魂出竅，而是被炸彈炸到「魂飛魄散」——用比較專業的術語說來，他所體驗到的是一種叫做「砲彈休克」（shell shock）的精神官能症，也就是我們現在所謂的 PTSD，創傷後壓力症候群。每當尼克睡不著，他就會回想小時候到溪邊釣鱒魚的種種細節，細數怎樣抓蟲當餌，但有時他無法回想那些能讓他平靜下來的畫面，反而是想起了童年搬家，家人把搬不走的瓶子丟到火裡去燒的情景，瓶子在火裡爆炸，火焰四射，還有幾條蛇也在火堆裡燃燒：顯然，它所暗指的就是此時尼克心神脆弱，很容易想起那些與炸彈爆炸極相似的往事。這篇故事的另一個要點是，透過尼克與其勤務兵約翰之間的對話，顯示尼克此時正面臨前途茫茫的信心危機。約翰是已婚的義大利裔美國士兵，還有孩子，他眼見尼克內心似乎充滿困擾，晚上總是失眠，因此一直力勸尼克結婚，因為他認為那是能搞定一切問題的解決之道，但顯然尼克的看法與他大相逕庭。

返鄉之後

　　對於參戰的士兵而言，返鄉並不能讓他們好過一點，因為重新融入社會對他們而言是件無比困難的事。戰爭改變了一切，他們過去所了解的那個世界已經瓦解，他們感到迷惘，悲傷，甚至憤怒。海明威在《我們的時代》裡的〈軍人之家〉（"Soldier's Home"）就描述返鄉士兵的此種困境：他們不被別人理解，同時也不再理解這個世界。歐戰於 1918 年 11 月 11 日結束，但哈洛德‧克列布斯（Harold Krebs）一直到 1919 年夏天才返回奧克拉荷馬州的老家，經過半年多的士兵返鄉潮後，鄉親父老們覺得不再新鮮，他們早已對解甲歸田的年輕人感到厭煩，戰場上那些可怕悲慘的故事令他們感到麻木，甚至連哈洛德説謊，把自己聽見的種種傳聞軼事拿出來吹噓，也無法在撞球間裡引起騷動。説了兩次謊後，他甚至開始對自己的行徑感到噁心，最後也對自己在戰時所經歷的一切厭煩起來。

　　不管做什麼，哈洛德都提不起勁，他不想交女友也不想找工作，連他爸媽也開始擔心，媽媽好言相勸，要他認真過生活，別再無所事事。他與母親間的一席話語氣聽來平淡，但卻令人震驚不已：

「你已經決定要做什麼了嗎？」母親摘下眼鏡，她說。

......

「我還沒有想過。」克列布斯說。

「上帝會交付工作給每一個人，」他母親說。「在祂的國度裡，沒有人可以遊手好閒。」

「我不在祂的王國裡。」克列布斯說。

「我們都在祂的國度裡。」

克列布斯還是跟往常一樣感到尷尬與憤怒。

「我一直都很擔心你，哈洛德，」他母親接著說，「我知道你一定遇到了很多誘惑。我知道人類有多脆弱。我知道你自己親愛的外公，也就是我爸爸，他也跟我們說過南北戰爭的事，而我一直都在為你祈禱。我整天都在為你祈禱，哈洛德。」

母親不能理解哈洛德為何不能跟其他參戰的男孩一樣穩定下來，找份工作，跟年輕女孩結婚。母親說她自己也聽聞南北戰爭的許多事，她認為哈洛德經歷的就是那樣——但她錯了。

第一次世界大戰之所以摧毀了一整個世代的信仰，是因為那是一場前所未見的滅絕大戰，毒氣、機關槍、坦克、飛機全部首次登上大規模的戰爭舞台，還有驚人的壕溝戰。以 1916 年的索姆河戰役（Battle of the Somme）為例，因為德國首次啟用機關槍，光是 7 月 1 日一天就造成六萬英國士兵的死傷，德軍研發的 MG08 機關槍能在一分鐘內發射六百發子彈，片刻間英軍屍橫遍野，絕大部分的死傷都是機關槍造成的。在經歷過如此人間煉獄後，哈洛德·克列布斯當然再也無法對任何事提起勁來了。當母親問他還愛不愛她，他甚至說不，他不愛任何人，但說完之後他就後悔，因為：「這樣一點用也沒有。他無法跟她說，他無法讓她親眼看見。這麼說實在太蠢。他只是傷害了她而已。」由此可見，戰爭的傷痛無可言喻，戰爭的殘酷只有親眼看到才能夠了解，哈洛德知道他不能讓母親了解他，任何人都無法了解他所遭受的傷害。於是，哈洛德告訴母親他不是故意那樣說，但母親要他禱告，他還是表示自己無法禱告，最後只能由母親為他禱告。

一次世界大戰返鄉士兵的遭遇有多麼慘，也能從費茲傑羅的短篇小說名作〈五月天〉（"May Day"）窺見，故事以作者退伍後在紐約市所經歷的一些事件為題材，訴盡社會對於士兵們的冷漠無情。〈五月天〉是一篇節奏明快，一連串事件於混亂中不

斷發生的短篇小說，一方面反映了當時美國社會對布爾什維克主義（共產主義）的恐懼，另一方面也鮮明地刻劃了退役士兵的種種絕望與窘境。故事以耶魯大學畢業的戈登・史特雷特（Gordon Strerrett）為主角之一，他到紐約最豪華的比爾特摩飯店（Biltmore Hotel）找老同學菲利浦・狄恩（Philip Dean），想找他借三百美金，藉此用錢解決感情問題，同時用剩餘的錢度過被炒魷魚的這段日子，並展開自己的插畫家生涯。不過，戈登真是跌入人生的谷底，不但老同學不肯如他所願將錢全額借他，失魂落魄的他還在耶魯大學時代老情人伊迪絲・布拉定（Edith Bradin）的面前丟人現眼。這位曾到法國參加一次大戰的常春藤名校畢業生最後走投無路，大醉一場後，發現自己與不想結婚的女人結了婚，絕望之餘，買了一把槍自殺身亡。

　　故事中另外兩位退伍軍人卡洛・基伊（Carrol Key）與葛斯・羅斯（Gus Rose）的遭遇也好不到哪裡去。卡洛與葛斯返回紐約後四處遊蕩，兩人身上加起來只剩五美元，他倆決定向卡洛那位在飯店工作的哥哥喬治找酒喝。結果兩人除了喝喬治偷來的酒，還想偷喝耶魯大學兄弟會舞會的酒，如此令人不齒的行徑實在與兩人的退伍戰士身分相差甚遠。迷失在紐約街頭的不只卡洛與葛斯兩人，許多退伍戰士不滿自己的生活，把滿懷激憤投射在那些

主張社會主義的激進分子身上，有個猶太人只因在街頭高聲批判洛克斐勒等大資本家，就被冠上布爾什維克之名，被當成德國同路人，遭到一陣痛毆。卡洛與葛斯兩人喝醉後加入了那些人的隊伍，他們對一間稱為紐約號角報（New York Trumpet）的報社發動攻擊，報社負責人亨利‧布拉定（伊列絲的哥哥）對這些解甲歸國的人提出一針見血的批評，大概也相當程度反映出費茲傑羅的自省：

> 士兵們並不知道他們需要什麼，仇恨什麼，喜歡什麼。他們習慣大團體行動，似乎不遊行示威就不成。於是，碰巧就對上了我們。今晚他們在城裡四處作亂。今天是五一節，你知道的。

士兵們把這些鼓吹社會主義的記者當成「親德分子」，「德國佬的情人」，或者因為許多社會主義思想家都是德國人，而他們心裡已經把社會主義與德國畫上了等號，這是多麼愚蠢的偏見啊！一群暴民般的退伍士兵衝入報社後，警察終於現身取締遊行活動，亨利的腳因此斷掉，卡洛更慘：他在混亂中被推下窗，摔得粉身碎骨。海明威筆下的哈洛德‧克列布斯不想融入社會，認

為上帝已死，費茲傑羅筆下的戈登・史特雷特與卡洛・基伊則失去重回社會的機會，直接找上帝報到去了。

戰爭與愛情：《戰地春夢》與《大亨小傳》的戰爭小說公式

民國 29 年，中國翻譯家林疑今先生把海明威的小說書名 *A Farewell to Arms* 翻譯成《戰地春夢》（上海西風社出版）實在是神來之筆（與前一年上海啟明書局由余犀的第一個譯本《退伍》相較，實在好太多了）：這個書名雖被另一位翻譯大家宋淇先生（筆名林以亮）嫌太過俗氣，但卻有畫龍點睛之效，直接傳達出 *A Farewell to Arms* 是一部戰爭小說，但也是愛情小說的重要訊息。海明威喜歡在戰爭故事裡增添愛情元素可以說是其來有自，因為他當年在義大利前線受傷後被送往米蘭醫治，與大他七歲，來自華盛頓的紅十字會美國護士艾格妮絲・馮・庫洛斯基（Agnes von Kurowsky）談了戀愛，還論及婚嫁，可惜他在 1919 年 1 月返回美國，才兩個月過去，艾格妮絲就寫信跟他說自己已經與一位義大利軍官訂婚。這段短暫而不快樂的戀情被海明威寫成了《我們的時代》裡的〈一則很短的故事〉（"A Very Short

Story"），而在 1996 年上映，由美國演員克里斯・歐唐納（Chris O'Donnell）與珊卓・布拉克（Sandra Bullock）主演的好萊塢電影《永遠愛你》（*In Love and War*），就是以他們倆的情事為故事主軸。

《戰地春夢》描寫一個發生於義大利前線的故事，負責管理救護車車隊的美籍中尉佛德烈克・亨利（Frederic Henry）與英籍護士助手凱薩琳・巴克利（Catherine Barkley）因佛德烈克受傷，兩人從醫病關係發展出戀情，可惜佛德烈克用酗酒染上黃疸的伎倆，被院方識破，病假被取消，必須回到前線。重返前線的佛德烈克剛好遇上了卡波雷托大撤退，他領著救護車車隊離開前線，路上收留了兩個逃逸的工兵士官，不料他們倆後來想再度脫逃，他不得已槍殺了其中一人；佛德烈克盡忠職守，但憲兵卻想以逃逸罪逮捕他，他在千鈞一髮之際跳河逃走，心想自己對這一場戰爭已仁至義盡，接下來只想趕快與凱薩琳團聚。

幾經波折，他倆終於在史特雷薩鎮（Stresa）團聚，但軍事法庭卻對佛德烈克發出了拘捕令，因此兩人在風雨交加的夜裡划船逃往中立國瑞士，寄居阿爾卑斯山山區的一個小城，希望能永遠擺脫戰爭陰霾。隨著春天到來，凱薩琳的分娩日期越來越近，他倆遷居洛桑（Lausanne），因為那邊才有比較好的醫院，諷刺

的是，最後凱薩琳仍因為難產與血崩而過世，他們的嬰兒也沒能存活下來，只剩佛德烈克在雨中默默走回醫院。跟大多數現代主義戰爭小說一樣，《戰地春夢》可以說是一部帶有強烈反戰色彩的愛情小說：戰爭阻礙兩個年輕戀人，儘管他們克服萬難，擺脫了戰爭的糾纏，但仍無法躲開造化的捉弄。小說中，我們看不到英勇殺敵的人物，反而有許多人想方設法，只求遠離戰場。例如在第七章裡有一位士兵罹患了疝氣，他為了讓病情惡化，故意把疝氣帶（truss）丟掉，但深怕軍方會幫他動手術，很快又會讓他上戰場，於是佛德烈克建議他用力撞頭，弄傷自己，這樣就能讓他續留醫院。他的確照做了，諷刺的是，到頭來他還是被部隊人員給帶走。

若從戰爭小說的角度解讀《大亨小傳》，可能不像《戰地春夢》那樣直接了當，而必須從主角傑·蓋茨比的生平背景去了解。看過小說的人都知道，蓋茨比其實並不是什麼大亨：他沒有顯赫的家世，只是個來自北達科塔州的窮小子（本名詹姆斯·蓋茨），入伍擔任軍官時在南方的路易斯維爾邂逅了女主角黛西，但卻遭到拋棄，此事令他永難忘懷，因此在紐約購置豪宅後整天舉辦派對，為的只是希望某天能有機會再度一親佳人芳澤——而他龐大的金錢收入主要來源，似乎是禁酒令時代的私酒生意，而

且他甚至還認識安排芝加哥白襪隊職棒球員打假球（歷史上確有其事，被稱為「黑襪事件」）的黑道組頭。若說他是大亨，充其量也不過是個黑道大亨，但從頭到尾，我們只能從種種傳言以及蓋茨比那些真真假假的說法來拼湊他的過去。至於小說的敘述者尼克雖知道蓋茨比滿嘴謊言，但又為什麼選擇在關鍵時相信他，同情他，而不是站在與自己的表親黛西與黛西的老公——他的耶魯大學同學湯姆——同一陣線？

　　我想，唯一的理由就是他跟蓋茨比都是到法國參戰的美軍軍官，同樣隸屬美軍第三師，尼克的單位是第九機槍營，蓋茨比則是第七步兵團。據蓋茨比自己所言，他以少校的身分在法國北部的阿岡森林（The Argonne Forest）率領兩支機槍派遣隊英勇殺敵，僅憑一百三十名士兵與十六挺輕機關槍，就在兩天兩夜內殲滅了德軍的三個師，增援的步兵部隊於事後才趕到，為此他還晉升為中校，所有同盟國成員都頒發勳章給他——當然，從這些驚人的數字看上去，蓋茨比顯然又在吹牛，但美軍部隊在 1918 年 9 至 11 月之間於阿岡森林展現出驚人的韌性與戰鬥力卻是不爭的事實，曾留下了許多令人敬佩的事蹟。對費茲傑羅而言，蓋茨比不只是他筆下最完美的戰爭英雄，也是不折不扣的浪漫主義者：他天真而念舊，執著於自己的舊愛，不管對剛剛認識的朋友尼克或

舊愛黛西都有情有義，這些特質一方面讓尼克認同他，另一方面卻也讓他自己成為悲劇英雄。法國戰場上的槍林彈雨都殺不了他，到頭來，他卻捲入了自己與別人的感情糾紛，因為一椿車禍在陰錯陽差下替自己的情人挨槍送命。儘管蓋茨比並未明說自己為何一定得將黛西追回來，但或許那是他在法國戰場上暗自許下的願望，如果能活著回國，此生無論如何都必須與黛西一圓當年未完的春夢。

從《戰地春夢》與《大亨小傳》看來，海明威與費茲傑羅兩人都能說是「在紙上談情說愛」的箇中好手，但實際生活中呢？下一章，我們將把焦點拉回兩位小說家身上，看看他們的感情與婚姻生活是怎麼一回事，對他們的文學創作與生平際遇又有什麼影響。

左 海明威與莎士比亞書店女主人雪維兒・畢奇（圖中）交情匪淺。雪維兒於 1920 到 30 年代期間提攜了許多住在巴黎的各國作家，其中名氣最大的非喬伊斯（圖左）莫屬。她幫喬伊斯出版小說作品《尤利西斯》，是最偉大的現代英語小說之一。

右 1918 年海明威於米蘭留下的軍裝照片，不過當時他並未真正參與作戰，而是與紅十字會簽約的救護車司機，也負責在前線陣地發送補給品給士兵們。

左　1920 年代海明威夫婦與一群朋友在巴黎留影。
　　坐在夫婦倆中間的就是妲芙‧特斯登女士（Lady
　　Duff Twysden）——小說作品《太陽依舊升起》
　　裡面女主角布蕾特‧艾許力的靈感來源。

右　1916 年的海明威，當時十七歲的他在密西根州
　　的某一座湖泊裡釣魚。

第三章
一與多的對比──費茲傑羅與海明威的感情世界

「窮小子不該妄想娶富家女」

「飛女郎」賽妲的悲慘下場

好萊塢的紅粉知己

「熟女控」小海

亦妻亦母海德莉

用書的版稅當贍養費，霸氣

奪愛惡女寶琳的報應？

恩尼斯特與瑪莎：戰場上的愛侶

最後的妻子瑪莉與海明威的人生悲劇

在感情的世界裡，費茲傑羅與女人的關係表面上看來比海明威單純得多：他一輩子只結過一次婚，海明威卻結了四次，而且六十一年的生命裡簡直豔遇無數，感情生活比費茲傑羅豐富太多了。然而，這兩位小說大師有一個共同點：他們都喜歡將自己的感情生活當作故事題材，許多長短篇小說的情節都夾雜他們的感情際遇以及感情觀。費茲傑羅若沒有被他老婆賽姐與其他女人甩過，大概也寫不出〈冬之夢〉、《塵世樂園》與《大亨小傳》等作品；若沒有與賽姐有過那一段時而紙醉金迷，時而酗酒打鬧的婚姻，也不會有《美麗與毀滅》與《夜未央》等小說。海明威在這方面也很相似，例如《戰地春夢》裡的女主角護士凱薩琳，就是以他在義大利愛上的護士艾格妮絲・馮・庫洛斯基為原型，凱薩琳難產的情節則脫胎於他第二任妻子寶琳（Pauline Pfeiffer）的真實遭遇，知名短篇故事〈雨中的貓〉（"Cat in the Rain"）裡，夫妻的冷漠關係也可以窺見他與首任妻子海德莉婚姻問題的端倪。至於西班牙內戰經典《戰地鐘聲》裡，主角勞勃・喬丹的年輕愛侶瑪麗亞身上多少也帶著他第三任妻子瑪莎・葛宏（Martha Gellhorn）的影子。費茲傑羅與海明威的感情世界都是複雜而有趣的，值得拿來與他們的作品細細對讀。

「窮小子不該妄想娶富家女」

　　從費茲傑羅寫的失戀主題的那些故事看來，他失敗的戀愛經驗對其一生影響至深。費茲傑羅的家境不好，小時候本來都住在東岸的紐約州（雪城與水牛城），因為父親被寶僑公司開除，一家搬回明尼蘇達州的聖保羅市，在家族中有錢親戚的資助下才得以於私立學校接受教育，一心想就讀普林斯頓大學的他幾乎無法如願，最後還是靠外婆過世後留下給母親的遺產，才解決這個問題，否則他的大學母校很可能是明尼蘇達大學，而非長春藤名校普大。1915 年 1 月，十七歲的費茲傑羅在一個雪橇派對上結識來自芝加哥，小他兩歲的吉妮娃‧金恩（Ginevra King），她是甫進入芝加哥社交圈的上流社會千金，門不當戶不對，兩人卻陷入熱戀。

　　他們魚雁往返，維繫關係，戀情在 1917 年 1 月告吹。他曾在自己親手記錄的手寫帳本（ledger）裡寫了這樣的話：「窮小子不該妄想娶富家女。」這或許是吉妮娃的父親對他說的話，但對費茲傑羅來說無疑是極度痛苦的領悟。兩人的戀情就此不歡而散，二十年後，兩人於好萊塢重逢，吉妮娃雀躍地詢問費茲傑羅，

他筆下是否有哪些角色是以她為原型創作出來的，幾杯黃湯下肚，費茲傑羅一開口就沒好話，居然回應道：「妳覺得哪個賤人是妳？」那次重逢就此不歡而散。對於這段舊情人重逢的往事，費茲傑羅寫了一篇短篇故事〈等飛機的三小時〉（"Three Hours between Planes"，1941 年 7 月，在他去世後才發表於《老爺》雜誌〔Esquire〕），情節是某個男子在機場等飛機時打電話給老情人敘舊，去她家坐了一陣子後，發現她不但將過往的事全都忘了，還把他當成另一個名字相近的人，他離開後意識到自己已經想不起老情人過去的長相，也很後悔致電給她。

靠《塵世樂園》成名後不久，費茲傑羅開始寫短篇故事來賺取豐厚稿費，養家餬口，早期的名篇之一是〈冬之夢〉（"Winter Dreams"，1922 年發表於《大都會雜誌》〔Metropolitan Magazine〕），故事顯然脫胎自他和吉妮娃的真實戀情，甚至他的編輯麥斯威爾·柏金斯曾表示它就是《大亨小傳》的故事雛型。〈冬之夢〉描述一名叫德克斯特·葛林（Dexter Green）的雜貨店老闆之子，為賺取零用錢在高爾夫球俱樂部當桿弟，俱樂部老闆要求他擔任自己的女兒茱蒂·瓊斯（Judy Jones）的桿弟時，他深覺受辱，立刻辭職不幹。

大學畢業後，德克斯特與人合夥做起洗衣店的生意，回故鄉

後偶遇茱蒂，兩人出去吃晚餐約會，他很快發現自己不過是追求她的十幾個男人之一。十八個月後，德克斯特已有了未婚妻，茱蒂從佛羅里達州度假返家後又遇上他，要他解除婚約，轉而與她結婚，他也照做，沒想到一個月後就被甩了。心碎之餘，德克斯特從軍，踏上一次世界大戰的戰場。七年後，戰爭早已結束，德克斯特成了一個很有錢的紐約生意人，有好幾年都沒返鄉。後來，一個來自底特律的生意人跟他提起了嫁作人婦的茱蒂，她已不如往昔那樣貌美，丈夫對她也不好。此時，仍愛著茱蒂的德克斯特才發現自己的夢醒了，而且再也不願返鄉。〈冬之夢〉包含了許多現代主義小說常見的主題，包括對資本主義階級社會的批判、年輕人價值觀的混淆、美國夢的實現，還有自以為可以把人玩弄在股掌間的女孩最終自食惡果等元素，多數評論家都認為它不只是一個膚淺的浪漫愛情故事——就此而論，吉妮娃對於費茲傑羅的人生仍有貢獻。

「飛女郎」賽妲的悲慘下場

什麼是「飛女郎」（flapper）？這個字在英文裡原指十幾歲的小女孩，但到了二十世紀初，其意義已完全不同，具有非常豐

富的社會意涵。簡單來說，就是大約與美國禁酒令時代同時誕生的新女性，她們不畏懼旁人的目光，頭髮與洋裝下襬都變短了，自由出入各種派對，飲酒作樂，懂得如何說有趣的話來吸引男人注意，有意無意地調情。飛女郎會一邊聽著 1920 年代初才開始流行的爵士樂，一邊跳查爾斯頓舞（Charleston Dance，一種需要踢大腿與張開雙腿的舞步，20 至 30 年代流行起來的搖擺舞，以南卡羅來納州查爾斯頓城命名），臉上畫濃妝，是派對上最吸睛的焦點。想知道費茲傑羅怎樣描繪這種新女性，可以看看他在 1920 年出版的第一本短篇小說集《飛女郎與哲學家》（*Flappers and Philosophers*）；但若要說他怎麼能把書裡那些年輕女性描繪得如此活靈活現，那全因他自己身邊就有一位百分之百的飛女郎——他的妻子賽妲・費茲傑羅。

賽妲本姓薩耶，出身阿拉巴馬州的政治世家，父親安東尼・狄金森・薩耶（Anthony Dickinson Sayre）是該州最高法院的法官。她可說是當時新女性的代表人物，不但擅長跳芭蕾舞，也很會游泳，是蒙哥馬利市社交圈的活躍分子，與年輕男性來往密切。她的人生觀在高中畢業照下方寫得很清楚：「如果能借錢，為何要讓人生只有工作？我們只要把今天顧好，就別擔心明天了。」賽妲與費茲傑羅在 1918 年 7 月相識，費茲傑羅知道她身邊不乏追

求者，但這讓他追得更起勁；三個月後，他被調離蒙哥馬利市附近的基地，返回紐約長島的米爾斯營（Camp Mills），這段期間，歐戰已經結束，於是他又回蒙哥馬利找賽妲，兩人陷入熱戀，而費茲傑羅則在翌年 2 月 14 日正式退伍。退伍後，費茲傑羅定居紐約，在廣告公司擔任文案撰寫人員——他的遭遇跟《塵世樂園》裡的艾莫瑞・布雷恩一樣，那只是一份週薪三十五美元的爛工作。

　　費茲傑羅把母親的戒指送給賽妲，兩人私定終生，但女方親友卻都不喜歡他：除了他酒喝太多，身為天主教徒，也異於女方基督教聖公會的信仰背景。此外，費茲傑羅始終沒能展現任何成功的跡象，賽妲不耐久待，1919 年 6 月片面解除婚約。費茲傑羅懷著破釜沉舟的決心，一心想靠他的小說在紐約闖出名號，證明自己能夠成家立業，於是 7 月辭去廣告公司工作，搬回聖保羅的家，專心修改小說，到了 9 月，紐約史氏出版社（Scribner's）的編輯麥斯威爾・柏金斯接受了他的稿件，1920 年 3 月 26 日出版後，三天就賣掉了一刷的三千本，隔日他派電報到蒙哥馬利，要賽妲北上紐約跟他結婚，兩人在小說出版後一週，於 4 月 3 日當天完婚。1920 至 21 年這兩年間，《塵世樂園》總計印了十二刷，賣出四萬九千多本。

一夕間，他成了美國家喻戶曉的人物，名利雙收，後來更被封為「爵士年代」（The Jazz Age）最具代表性的小說家。光是與過去的收入相比，就知道當時他的價碼有多優渥：1919 年，他靠寫作只賺了八百美元，但到了 1920 年，他的寫作收入飆升了兩百多倍，賺了一萬八千美元。他的短篇故事原本一篇值三十美元，到 1920 年已經可以拿到每篇一千美元的稿酬，隨後到了 1929 年，稿酬持續爬升到每篇四千美元。不過，這些錢可以說都是靠失敗的戀愛經驗掙來的：與吉妮娃的失敗戀情想必讓他自尊受挫，但賽妲的悔婚顯然更讓他心碎不已——就此而論，《塵世樂園》中艾莫瑞的際遇簡直就是他的人生寫照：大戰後，大學同窗艾力克·康奈基（Alec Connage）的妹妹蘿莎琳（Rosalind）就是因為嫌艾莫瑞太窮才拋棄了他，讓他瘋狂酗酒三週，差點一蹶不振。

　　這種遭遇背叛的情節一再出現在費茲傑羅後來的各部代表作裡，其中最重要的就是《大亨小傳》與《夜未央》。在《大亨小傳》裡，大亨蓋茲比成為黑道大亨後之所以不停在紐約郊區的豪宅裡夜宴，無非就是想挽回當年棄他而去的黛西，就算黛西已嫁為人婦，他仍在所不惜。癡情的蓋茲比最後甚至因為黛西撞死丈夫的情婦而成了代罪羔羊，遭到情婦之夫槍殺，死得莫名冤枉。

蓋茨比之死不只代表那種一心嚮往功成名就的美國夢碎，就感情層次而言，更代表世人應該看破蓋茨比奉行不渝的那種純粹的愛情觀：像黛西那樣的富家千金終究是所謂「對一切都毫不在乎的人（careless people）」，把別人的人生毀掉後，他們大可以躲回自己原來富有的世界，繼續過著對一切毫不在乎的日子。至於《夜未央》裡，女主角妮可是來自芝加哥的富家女，因為童年的不幸經驗而罹患精神疾病，在蘇黎世的療養院進行治療，她與心理醫師迪克‧戴佛（Dick Diver）相戀結婚，在迪克的照顧與治療之下逐漸擺脫了過往陰影，但最後妮可卻因為愛上了美法混血的傭兵湯米‧巴本（Tommy Barban）而與迪克離婚，迪克就此每況愈下，或許那一句讓費茲傑羅魂縈夢牽的話終究是事實：「窮小子不該妄想娶富家女。」不管是蓋茨比或迪克，下場都是悲慘的。

　　妮可這個角色可以說就是賽姐的翻版。費茲傑羅夫婦婚後常旅居英法與義大利等歐洲各國，1924 年 4 月，他們搭船前往法國，在蔚藍海岸（Côte d'Azur）租了別墅，到了 6 月，賽姐與一位法國飛行員發生了婚外情。後來，賽姐於 1927 年決定重拾荒廢已久的芭蕾舞舞技，成為一位職業舞者，多年的學習與苦練對她的精神產生極大壓力，導致她從 1930 年便開始在法國與瑞士

等地進行治療，最後被診斷出罹患精神分裂症，費茲傑羅只好把她帶回蒙哥馬利市故里，獨自前往好萊塢發展寫作事業。此後賽妲的精神狀況時好時壞，常需住院，但仍保有寫作與繪畫習慣的她在 1932 年出版了唯一的小說作品《把華爾滋留給我》（*Save Me the Waltz*）——費茲傑羅對此感到非常憤怒，因為小說裡許多情節一眼就能看出是他們夫妻倆的寫照（雖然她把費茲傑羅改寫成一位畫家），包括她習舞與外遇的事情，全都被她公諸於世了，但最讓費茲傑羅生氣的事可能不是隱私曝光，而是《夜未央》裡面也採用了兩人婚姻生活的部分片段，但他從 1925 年就開始撰寫那本小說，始終未能完成，直到 1933 年才定稿，於 34 年年初問世。

《夜未央》出版後，賽妲的精神狀況越來越差，1937 年以前，費茲傑羅都是在療養院的附近賃屋而居或投宿旅店，37 年 7 月開始搬到好萊塢定居，幫米高梅公司（MGM）寫劇本，同時也靠短篇故事維生（據他自己說，這一年他收入將近三萬美金，是他生涯中收入最豐的一年），並撰寫他那一部最後終究未能完成的小說《最後的大亨》，但直到他去世前一年（1939 年），他仍找機會帶賽妲在南卡羅來納、維吉尼亞、佛羅里達等州度假，最後一次度假的地點則是古巴。1940 年聖誕節前四天，費

茲傑羅因長期酗酒、積勞（為了支付賽妲與自己的醫藥費，還有女兒的學費，他必須不斷工作），再加上過去又有肺結核與心臟病病史，終於再次心臟病發，離開人世。八年後的3月10日晚間，住在北卡艾許維爾市高地精神病院（Highland Hospital）的賽妲因為即將接受電擊治療而被鎖在某個房間裡，結果喪生於隨後發生的一場火災意外，得年僅四十八歲。費茲傑羅的飛女郎這次飛往了天堂，遺體與費茲傑羅則合葬於他的家族墓地（位於馬里蘭州的洛克維爾市〔Rockville〕）。

好萊塢的紅粉知己

1927年1月，聯美電影公司（United Artists Corporation）邀請費茲傑羅前往好萊塢當編劇，酬勞一萬六千美金（其中三千五百元為預付），結果，夫婦倆把女兒史考娣（Scottie）託給老費茲傑羅夫婦，自己前往好萊塢，在國賓飯店住了兩個月。他在好萊塢結識了一位叫做露易絲・莫蘭（Lois Moran）的默片女星：未滿十八歲的她美麗而聰慧，是許多男人傾心與追求的對象，費茲傑羅對她也有興趣，賽妲當然看得出來，她講話講得很酸，說露易絲「是個像早餐食物的年輕女演員，許多男人在她身

上看見自己生命中欠缺的東西」，只不過，費茲傑羅未曾有機會與露易絲獨處，兩人也沒有發展出戀情，但賽姐還是跟他鬧起脾氣，甚至在飯店房間浴缸裡燒他的衣服。費茲傑羅完成了劇本初稿，但與女主角吵架，作品或許因此才未獲採用，夫婦倆的開銷卻早已超過三千五百美元，這一趟算是倒貼了。更糟的是，在返回東部的火車上，賽姐仍未放過丈夫，還在跟他吵露易絲的事，甚至把他在 1920 年送她的白金腕錶擲出車窗外。不過，這趟好萊塢之行也並非全然沒有收穫：至少他曾與露易絲有過這麼一小段韻事，後來她化身成《夜未央》裡的女演員蘿絲瑪麗‧霍伊特（Rosemary Hoyt），也就是迪克在蔚藍海岸認識的外遇對象。他們先後在法國與義大利兩地有過一段情。

　　跟許多默片演員一樣，露易絲改演有聲電影後也星運不順，才二十六歲就退出影壇，結了婚，嫁給只比自己母親小一歲的泛美航空公司副總裁。但小說裡的蘿絲瑪麗在巴黎與迪克離別，三年後已變成知名影星，兩人在羅馬重逢後又重燃舊情。然而，妮可和蘿絲瑪麗的人生與迪克剛好形成強烈對照：妮可的病好了，蘿絲瑪麗也事業有成，唯有迪克的酗酒問題越來越嚴重（這方面，費茲傑羅與他自己創造出來的角色符合）；迪克在羅馬與計程車司機因車資問題起了衝突，被帶往警察局之後又打了那名司

機，最後被一群義大利人圍毆，醒來時連眼睛都睜不開（這也是發生在費茲傑羅身上的真實事件），還被戴上手銬。雖然他終究被妮可的姐姐設法救了出來，但他內心非常清楚，自己再也回不到過去了，與蘿絲瑪麗當然也無法繼續下去。果真，他的酗酒問題越來越嚴重，回瑞士後先被解雇，又在蔚藍海岸遭妮可遺棄，最後只能回美國執業，但越混越差。

費茲傑羅的第二個好萊塢情人是來自英國的席拉·葛蘭姆（Sheilah Graham），她是費氏人生最後一段旅程的伴侶，陪他熬過不太順利的好萊塢寫作生涯。席拉與費茲傑羅的首次邂逅是在幽默作家勞勃·班趣利（Robert Benchley）為她舉辦的訂婚派對上，席拉的未婚夫是英國的某位侯爵。席拉是個力爭上游的英國女孩：她的猶太父母從烏克蘭移民英國，襁褓時期，父親就因罹患結核病去世，到了六歲，母親實在無法扶養家中那麼多小孩，於是把她送往倫敦東區的猶太孤兒院。席拉長大後當過倫敦的歌舞女郎，也嘗試過寫作，出版小說，在 1933 年遠渡大西洋彼岸，到紐約的《紐約鏡報》（*New York Mirror*）等小報當記者，兩年後又被招募到好萊塢當八卦專欄「今日好萊塢」（Hollywood Today）的專欄作家。或許是因為費茲傑羅已不像過去 20 年代那樣家喻戶曉，也不再是暢銷小說家，再加上席拉來自英國，年紀

輕，因此她並不知道費茲傑羅是暢銷小說《塵世樂園》的作者，也不知道他喝醉後常做一些鬧上媒體的荒唐事。

費茲傑羅在派對上並沒有跟席拉說話，他是派對主人班趣利邀請去的，但當時對她的第一印象是：長得就像年輕時的賽姐。八天後，兩人又在電影作家公會的舞會晚宴上碰面，並坦承喜歡彼此——這位小說家沒有喝醉時，魅力的確讓許多女性難以招架（而且兩人相差八歲，或許就是席拉喜歡的類型——她前夫的年紀也大她許多）。兩人在一起後，女兒史考娣雖然知道父親有了女友，但他特別交代女兒不能告訴賽姐，以免刺激她的病情；兩人並未同居，始終各有住所，因此她向來不喜歡被稱作費茲傑羅的情婦，而且自稱「直到他死前都仍愛著他的女人」。費茲傑羅與席拉間除了情侶關係，更多時候也像師徒：從 1938 年年底開始，他親自幫她規劃了一個被他命名為 College of One（意思應該是指「初階大學課程」）的人文課程，內容涵蓋了文學（「費茲傑羅教授」教的第一本文學作品居然是普魯斯特的《追憶似水年華》！）、歷史、宗教、政治，甚至還包括費茲傑羅自己較不熟的音樂與藝術（他邊學邊教），原本預計在 1941 年上半年結束的課程，在還沒來得及上完前他就辭世了。席拉在 1967 年出版的自傳書名即是以此課程命名。

教席拉讀書或許能稍稍排解費茲傑羅的挫折感，但酗酒習慣始終是兩人間的一大問題，且費茲傑羅在酒後有暴力傾向，不論是在肢體上或言語上。例如，費茲傑羅死後，席拉在整理遺物時發現某張她的照片，背面被費茲傑羅寫了「妓女的照片」；1939年4月，費茲傑羅酒後拿起左輪手槍鬧自殺，所幸被席拉搶去，席拉對他吼道：「開槍啊！你這王八蛋⋯⋯我都已經離開貧民窟了，難道還要把時間浪費在你這酒鬼身上？」事後，費茲傑羅給了她一張兩千美元支票（分手費？），翌日就到東岸找賽妲，帶她去古巴度假。當然，兩人最終還是和好，費茲傑羅也在她的陪伴下繼續當「教授」，並從1939年秋天開始撰寫他那本終究未能完成的小說《最後的大亨》，以及從1940年初開始陸續刊登於《老爺》雜誌上的十七個〈派特霍比故事〉（"The Pat Hobby Stories"）。由於費氏這些作品與他在好萊塢電影圈的體驗大有關係，容我在下一章詳述；特別值得一提的是，如果諸位對他倆的愛情故事感興趣，不妨看看由席拉的自傳改編而成的同名電影《癡情恨》（*Beloved Infidel*）：女主角黛博拉・蔻兒（Deborah Kerr，代表作為《國王與我》〔*The King and I*〕和《金玉盟》〔*An Affair to Remember*〕）的優雅外形非常符合席拉的英國女性形象，但曾以《羅馬假期》（*Roman Holiday*）和《梅岡城故事》（*To*

Kill a Mocking Bird）等電影樹立瀟灑浪漫與正義凜然形象的男主角葛雷哥萊‧畢克（Gregory Peck）要怎樣學費茲傑羅發酒瘋，甚至動手打女人呢？這是本片有趣之處。

「熟女控」小海

知名好萊塢女星艾娃‧嘉娜（Ava Gardner），曾演過《殺手們》（*The Killers*）、《雪山盟》（*The Snows of Kilimanjaro*）與《妾似朝陽又照君》（*The Sun Also Rises*）等海明威長短篇小說改編的電影，堪稱海明威最愛的好萊塢女星之一，兩人相差二十三歲，因此她都喚他老爹（Papa）——海明威喜歡稱呼身邊年輕漂亮的女生為女兒，她們也樂於叫他老爹。艾娃曾問過海明威「有沒有看心理醫生」，得到的答案是：有，他的那一台可樂娜三號打字機（Corona 3）就是他的心理醫生。意思是他每每都把自己的傷痛——特別是情傷——寫成故事，藉此療癒自己。

而且，那一台可樂娜三號打字機也不是一般打字機：那是他第一任妻子海德莉婚前送給他的，海德莉看他一個窮小子那麼喜歡寫作，卻沒錢買打字機，怪可憐的，遂在 1921 年 7 月送了他一台當作他的二十三歲生日禮物——但實際上，他當時只有

二十二歲，而且兩個月後，海德莉就不顧家人與朋友反對，勇敢下嫁當時什麼也沒有，一心只想當作家的海明威，對已經三十歲的她而言實在是一大賭注，而且後來事實也證明她的確賭輸了。海明威在海德莉之後又再娶了三任妻子，但若想述説他的感情世界，按照艾娃‧嘉娜的説法，就該從他在義大利認識的護士女友艾格妮絲‧馮‧庫洛斯基説起。

　　話説，海明威在義大利前線因為迫擊砲攻擊而受傷，卻因救了義大利士兵而獲得義國政府頒發勳章，還因此在米蘭的醫院養傷養了五個月，認識了當時二十七歲的美國紅十字會俏護士艾格妮絲。這次受傷經歷可以説是海明威的成年禮：成年後未曾有過真正戀愛經驗的他，搖身一變，成為到處受人歡迎的戰爭英雄，與年長七歲的艾格妮絲談起戀愛來一點也不心虛，甚至論及婚嫁。事實上，海明威的早熟從他高中畢業後決定離家當記者便能看出端倪，他在叔叔的介紹下，遠赴密蘇里州的《堪薩斯市星報》（*Kansas City Star*）報社工作，還説「突然感覺父親老了許多，讓他難過到幾乎無法承受」──其實，這多少反映出他的家庭背景，因為母親過於強勢、父親太過軟弱，讓他始終感覺困擾，因此早早就想獨立，離家出去闖闖。

　　何以説，此時的小海是個「熟女控」呢？從艾格妮絲開始算

起，她大海明威七歲，海德莉則大他八歲，第二任妻子寶琳也大他四歲，直到第三、四任妻子才找了都小他九歲的瑪莎與瑪莉，因此，在早年的感情世界裡，他的確是個不折不扣的熟女控。但和大姊姊談戀愛難免要付出代價：艾格妮絲要他先回美國找工作，兩人才方便完婚，沒想到 1919 年 1 月回國的海明威在兩個月後收到來函，艾格妮絲說她已經與一位義大利軍官訂婚，害小男友整整一個禮拜活像行屍走肉，難過得要死。然而，文學大師被甩自有一套不同的報復方式，他先把艾格妮絲寫成了《我們的時代》裡〈一則很短的故事〉的女主角，把「俏護士背叛深情軍官」的小事寫得人盡皆知，有趣的是，他還幽了自己一默：以自己為藍本的那位主角「他」最後從一位百貨公司櫃姐身上感染淋病。甚至到後來《戰地春夢》裡，英籍護士助手凱薩琳・巴克利與愛人軍官亨利儘管耗盡千辛萬苦逃離戰場，但終究因難產而死。

亦妻亦母海德莉

1920 年 10 月，家住聖路易的有錢人家小姐海德莉・李察遜（Hadley Richardson）到芝加哥去找大學時代摯友凱蒂・史密斯

（Katy Smith）遊玩，結識了凱蒂的年輕友人海明威，海德莉雖然年長他八歲，何以無法抵擋他的追求，願意委身下嫁？海德莉跟海明威的後兩任老婆寶琳與瑪莎一樣都出身聖路易市，更巧的是，海德莉與瑪莎還都是知名女子大學布林茅爾學院（Bryn Mawr College）的肄業生——唯一的差別是，前者因為健康欠佳而輟學，其後在家裡過著深居簡出的生活，只靠讀書與彈鋼琴打發時間；但瑪莎卻因為主修新聞學，大三畢業就迫不及待輟學工作，當記者去了。海德莉的家庭背景與海明威極像，都有一對強勢母親與懦弱父親，而且父親在她十二歲時自殺身亡（海明威的父親則在他二十九歲時自殺）。

海德莉出身富裕家庭，但身世多舛，先是父親自殺、姊姊因火災燒傷不癒身亡，接著母親也因腎臟疾病，在她照顧多年以後過世。海德莉多年來在強勢母親的壓抑下養成了封閉的個性，沒見過多少世面，初遇海明威這種陽光型男——他去過歐洲，曾經參戰（雖然只是開救護車，在戰場上送補給品）——家世也不錯，兩人一拍即合，從 1920 年 10 月相識到翌年 9 月就成婚，一點時間都沒浪費。婚後，兩人一起去了巴黎，一開始有海德莉每年兩千美元信託基金收入，又有海明威《多倫多星報》特派員的薪水，再加上美元對法郎的匯兌優勢，生活過得相當不錯；後來，兩人

因海德莉待產返美，生了海明威的長子「邦比」（Bumby，本名約翰），等到再度重返巴黎時，海明威為了當作家而辭掉記者工作，生活就得完全仰賴海德莉的錢。這個階段，海德莉簡直就是亦妻亦母，把丈夫當作小孩一樣疼愛，盡量滿足他的需求，或許海明威也非常享受他小時候難得能體驗到的母性柔情。

用書的版稅當贍養費，霸氣

看過海明威回憶錄《流動的饗宴》的人都知道他是怎樣描述他們在巴黎的那一段生活拮据但卻很快樂的日子：他的心中對妻子充滿了浪漫的情懷，妻子彷彿世界上最美的女人，想加菜就帶兒子邦比為掩護，假裝去公園散步，其實是去偷鴿子；想看書的話，就到莎士比亞書店借書，解決他沒錢買書的困窘；窮到完全沒有收入時，還用典型的阿 Q 心態說「飢餓是有益身心的磨練」，這麼樂觀的話大概也只有當時年紀還不到三十歲的海明威才能說得出口。但是，再美滿的婚姻也很難抵擋外在的誘惑，而且在海明威的文學生涯裡，他的創作每每需要與女性發生感情，產生火花，才能夠推陳出新，「弄假成真」當然是遲早的事。

婚姻生活與男女關係為海明威帶來很多創作素材，他早期的

許多名篇就常以此為基調。例如，收錄在《我們的時代》裡面的〈雨中的貓〉，故事簡單傳達一對年輕夫妻婚姻生活貌合神離的時刻：在旅館房間裡，妻子說她想「用自己的餐具吃飯，還要點蠟燭。最好是在春天。」她還想在鏡子前梳頭髮，想養一隻貓，想要新衣服，但丈夫卻回了她一句，「噢，閉上嘴，去找本書來讀吧。」由此多少可以看出，一方面海明威不介意把自己描寫成一個跋扈的混蛋丈夫，但另一方面卻可以看出在兩人的夫妻關係中，海明威有多麼跋扈。

〈白象似的群山〉（"Hills Like White Elephants"）是收錄在第二本故事集《沒有女人的男人》裡的另一個名篇，在故事裡，一對男女在西班牙某個車站等待開回馬德里的火車，等車時兩人隱隱約約談起了女方懷孕的問題，男人希望她能去動個「簡簡單單的小手術」，意思是要她把小孩拿掉，顯然就是不想負責，但卻又假惺惺說「但我不想勉強妳去做妳不願意的事。」這態度惹毛了女方，而他又不停地嘮嘮叨叨，於是女方對他說了一句，「可以拜託拜託拜託拜託拜託拜託拜託你閉嘴嗎？（Would you please please please please please please please stop talking?）」出版這篇故事時，海明威與海德莉才剛離婚數月，或許那時他心裡感到歉疚，甚至有一絲懊悔，才會把男主角描寫

成不負責任的窩囊廢，十分寫實。

　　他的第二任妻子寶琳·菲佛是如何從小三扶正成海明威太太的呢？她出身愛荷華州的大地主世家，成長於聖路易，畢業於密蘇里大學新聞學院，後來被《時尚》（Vogue）雜誌社派往巴黎工作，1925 年春，在一次派對上認識了海明威夫婦。一開始，寶琳以他倆的家庭友人自居，還跟他們一起到奧地利度假滑雪、共赴西班牙欣賞鬥牛比賽；寶琳與海明威兩人約莫 1926 年春天互生情愫，同年夏天，從西班牙返回巴黎後終於紙包不住火，海德莉將兩人的私情掀了出來，9 月對海明威發出最後通牒：要求他倆分離一百天，若一百天後兩人仍彼此相愛，她願意簽字離婚。從這一點便可以看出海德莉的善良，她善良到近乎不切實際：區區一百天，哪有辦法澆熄這對偷情男女的熱戀？到了 11 月，雖然尚不滿百日，她終於想通，答應離婚，而海明威則把《太陽依舊升起》的美國版與英國版版稅當成贍養費給了海德莉，後來小說在 1957 年被改編拍攝成電影《妾似朝陽又照君》，版稅也是海德莉的。海明威雖然是個窮作家，沒有錢給贍養費，但卻用書的版稅來付費，的確很霸氣。

奪愛惡女寶琳的報應？

　　海德莉算是有錢的，雖然她後來被信託基金管理人虧錢，導致收入減少，但基本上海明威早期之所以能把《我們的時代》與《太陽依舊升起》寫出來，都是多虧了海德莉的照顧與經濟援助，對自己的小丈夫付出那麼多，這善良的女人可說是無怨無悔，三十多年後，海明威在《流動的饗宴》裡回憶起當年自己從紐約回巴黎，妻兒在火車站接他，他是這樣描寫海德莉的：

　　　　我又看見站在月台上的太太，這時我心想：我多希
　　望在我只愛她一個人時就死去。她微笑著，陽光映照在
　　她可愛的臉上，透著雪光和陽光敷抹上來的棕色。身段
　　很美。頭髮在陽光中金裡透紅，一個冬天就變了樣，但
　　很好看。

　　與海德莉的完美形象相較，寶琳簡直像是個奪愛惡女──在《流動的饗宴》裡，他先說當時巴黎的美國人圈子來了些有錢人，都是混帳傢伙，而寶琳就是那種有錢人，她偽裝成海德莉的手帕交，在不知不覺裡，天真且無情地將別人的丈夫搶走。海明威把

外遇之事都推到小三寶琳身上，卸責的手法堪稱一流。但寶琳對於海明威的照顧恐怕更勝於海德莉，得到前夫如此評語，難道真是奪愛惡女遭受報應嗎？

海明威離婚一個月後，寶琳在 1927 年 5 月下嫁給他，她不但有遠多於海德莉的三千六百元美元信託基金收入，此外，她的富豪叔叔葛斯（Gus Pfeiffer）膝下無子女，將她和妹妹視如己出，愛屋及烏，同樣也很喜愛海明威，不但花了八千美元買下佛羅里達州基威斯特島（Key West）的房子作為他們的結婚賀禮，1933年 11 月到翌年 2 月間，因為海明威喜歡狩獵，為了送夫婦倆到肯亞去參加 Safari，更大手筆地砸了兩萬五千美元的旅費。結果，沒想到這段時間海明威雖生活無虞，內心深處卻有不小的傷口：他覺得自己是有錢的菲佛家族的寵物，菲佛家的錢讓他墮落，讓他寫完《戰地春夢》後便再也寫不出受好評的小說，只能用妻子的錢過著安逸的日子──這種心態也反映在 1936 年發表於《老爺》雜誌的名篇，〈吉力馬札羅火山之雪〉（ "The Snows of Kilimanjaro" ，後來被改拍為《雪山盟》），故事裡，作家哈利被荊棘刺傷膝蓋，得了壞疽，彌留之際回顧自己與有錢妻子海倫的婚姻生活，充滿悔恨，雖然內心知道自己沒有發揮才能實在怪不得海倫，但嘴裡卻不放過她，說她有的都是「髒錢」（bloody money）、「臭錢」（damned money），説她是「有錢的母狗」（rich bitch）。

甚至，海明威還發揮想像力，把他、海德莉與寶琳之間那一年左右的「三人行」關係改寫成小説《伊甸園》（*The Garden of Eden*，本書 1946 年便開始創作，卻在 1986 年才由其遺孀瑪莉幫忙出版，2008 年也被翻拍成同名電影），故事描述作家大衛·伯恩與新婚妻子凱薩琳（David and Catherine Bourne）於蜜月期間結識了富家女瑪莉姐（Marita），結果兩人都被她迷倒，先是凱薩琳與瑪莉姐發展出女同性戀關係，後來大衛也愛上了瑪莉姐，三人關係進而變成是同性戀也是異性戀的三角戀，最後，瑪莉姐鳩佔鵲巢，小三變正宮，把凱薩琳給趕走，凱薩琳為了報復大衛，把他的創作材料與作品全都燒掉，離開兩人。

寶琳如此照顧海明威，卻在他的作品裡留下如此難堪的形象，實在得不償失。經過將近十年的婚姻生活後，海明威巧遇他的下一任謬思女神瑪莎·葛宏，也到了該與寶琳分道揚鑣的時刻了，兩人於 1940 年離婚，但十一年後卻發生了一椿奇事，導致寶琳猝死。海明威的四段婚姻留下三個兒子：約翰、派崔克以及葛雷哥萊（John, Patrick and Gregory），後兩者都是寶琳所生。約翰跟老爸一樣是戰爭英雄，二次大戰期間助法國反抗軍對抗納

粹，曾遭俘虜，戰後獲得勳章，退伍後成為作家；派崔克繼承了老爸的非洲獵人衣缽，曾在東非住了 25 年，經營 Safari 生意，父親死後，他協助管理其遺物，還編輯了海明威生前並未出版的非洲狩獵遊記《曙光示真》（*True at First Light*），在海明威一百歲冥誕時問世。小兒子葛雷哥萊雖不愛男人──事實上他跟老爸一樣有過四個老婆（其中一位是海明威的秘書），但從小就喜歡男扮女裝，十四歲去海明威家過暑假還曾偷了後母瑪莉的內衣，回學校後瑪莉才發現藏在他房間的內衣。

　　葛雷哥萊二十歲時，因變裝進入女廁而在聖塔莫尼卡被逮捕，母親寶琳設法把他弄出來，避免海明威名譽受損，但還是在電話裡跟海明威發生嚴重爭執，因為她的腎上腺長了腫瘤，壓力造成腎上腺素大量分泌，導致她因為休克最後死在手術台上。寶琳的悲劇並未因她去世而結束，而是延續到孩子葛雷哥萊身上：葛雷哥萊不但自此沒再和父親見過面，一樣也在非洲當起了獵人，後來曾回美國從軍，但多次精神崩潰導致必須入院接受治療，畢生接受過近百次電擊療法也始終無法治癒，數度進出精神療養機構。海明威死後，他從邁阿密大學醫學院畢業，成為執業醫師，但後來又因為變裝遭到逮捕，還因精神失常鬧事而丟了醫師執照。到了六十九歲，他在大庭廣眾下暴露被捕，

當時他已經接受變性手術，成為「葛洛莉雅‧海明威」（Gloria Hemingway），因此被關進女子拘留所，最後因高血壓與心血管疾病死在所中。

恩尼斯特與瑪莎：戰場上的愛侶

海明威與寶琳定居基威斯特島後成為島上懶人喬伊酒吧（Sloppy Joe's）的常客。1936 年聖誕節期間，他的第三任妻子瑪莎與母親和弟弟一起到基威斯特島度假，在酒吧巧遇海明威——據她後來回憶，高大的海明威看來邋邋遢遢，穿著骯髒而不整齊的襯衫和短褲，很難讓人想像他是聞名全美的世界級小說家。當時瑪莎雖年僅二十八歲，卻已經是個知名的女記者，她曾出版過一本故事集，當過《時尚》雜誌與知名新聞通訊社美聯社的記者，後來受雇於美國聯邦緊急救濟署（Federal Emergency Relief Administration），到全美各地調查經濟大蕭條造成的種種民間慘況，並提出報告，因而成為羅斯福總統夫人的好友，據報告撰寫的中篇小說集《社會問題見聞》（*The Trouble I've Seen*）也備受好評。

他們倆可以說是一見鍾情，隔年瑪莎便獲聘為《科利爾》週

刊（*Collier's*）的戰地記者，前往西班牙採訪已經爆發的內戰，海明威先前已幫西班牙的共和政府募款，如今為了追隨瑪莎更是不顧妻子寶琳反對，遠渡重洋追去，自此他與寶琳的婚姻可說已經名存實亡了。有人說，瑪莎與海明威相戀多少帶有一點職業上的目的，但我認為她圖的並非名氣，因為當時她在美國已經有一定知名度——海明威的確有很多值得她學習的地方，畢竟他早在十幾年前便當過戰地記者，幫《多倫多星報》報導過希土戰爭的慘況。在西班牙重聚兩週後，他倆就上了床，據瑪莎自己所言，當時她還沒有真的愛上海明威，但「全西班牙只有她一個金髮女郎，她總得屬於某個男人」。真正讓她愛上海明威的時刻是國際部隊於 1938 年 10 月 28 日撤退前，在巴塞隆納街頭行軍：她見到海明威流下了悲傷的眼淚，自此兩人開始相愛。期間，他倆多次進出西班牙，瑪莎寫了許多精彩的戰地報導，海明威也在這位新謬思女神的協助下寫出了劇作《第五縱隊》（*The Fifth Column*，1938 年出版）與小說《戰地鐘聲》（*To Whom the Bell Tolls*，1940 年出版），後者可以說是讓他的創作生涯再攀高峰的重要作品。

西班牙內戰結束後，海明威與瑪莎定居古巴，住進了後來成為海明威博物館、位於哈瓦那城外的瞭望山莊（Finca Vigia），

而寶琳終於也放棄，與海明威離婚，讓他和瑪莎正式成婚，海明威並用《戰地鐘聲》的部分收入買下原本租來的瞭望山莊。但瑪莎與他的前兩個老婆截然不同，她是個充滿雄心壯志的女記者，特別當時歐洲戰雲密布，她怎肯安居於古巴？1943 年，她前往義大利前線報導戰況，海明威打了許多電報給她，質問她「想當戰地記者，還是回我床上當我老婆？」眼見無法讓老婆回心轉意，怒火中燒的海明威使出殺手鐧，主動向長年雇用瑪莎的《科利爾》週刊招手，表示願意前往歐洲幫忙採訪戰況，瑪莎就這樣被他擠掉了──因為當時美國政府規定，每一個媒體只能派一個記者去前線採訪。

如果海明威以為這樣的手段便能阻止美國的頭號戰地女記者，那麼他就錯了。雖然沒有飛機可搭，瑪莎仍設法搭上了一艘沒有救生艇且載滿地雷的挪威籍貨船，千辛萬苦抵達倫敦。兩人在倫敦吵了一架，四年婚姻就此結束──而且一如既往，海明威身邊已經有了另一位謬思女神，這次依舊是個女記者，也就是他的第四任妻子瑪莉·威爾許（Mary Welsh）。二次大戰的戰地報導對海明威來講只是一件微不足道的小事，但瑪莎卻認為那是她身為戰地記者的畢生職志，1944 年 6 月 6 日，也就是所謂「諾曼地登陸日」（D-Day）那一天，海明威在部隊搶灘後才

跟著其他記者一起搭乘登陸艇上岸，瑪莎卻躲在一艘醫務船的廁所裡，隨後冒充搬運擔架的人員，跟著部隊一起登岸，因此她創下了一個歷史紀錄：在那個女性還沒辦法當兵的年代，她是諾曼第登陸戰中唯一登上海灘的女性。隔年，她又跟著美軍部隊前進德國南部的達浩集中營（Dachau Concentration Camp），成為世上首次揭露納粹集中營慘狀的記者之一。與海明威離異後，瑪莎始終堅守戰地記者崗位，舉凡 1960 年代的越戰與以阿「六日戰爭」、中美洲各國的內戰，她都沒有缺席，甚至 1989 年美國老布希總統為控制巴拿運河而揮軍巴拿馬，展開「正義之師行動」（Operation Just Cause）時，瑪莎還以八十一歲高齡親赴巴國進行報導。直到八十九歲，她才因為不堪卵巢癌與肝癌折磨，以自殺方式結束自己的人生。

最後的妻子瑪莉與海明威的人生悲劇

瑪莉與瑪莎同年，都小海明威九歲，她來自明尼蘇達州，是伐木工之女，海明威的四任妻子，只有她來自貧苦家庭。她的婚姻紀錄也很精彩，就讀新聞名校西北大學時就因結婚而輟學，婚姻短暫維繫兩年，但她憑著自己受過的新聞專業訓練成為職業婦

女，曾經在《芝加哥每日新聞報》（*Chicago Daily News*）與《倫敦每日快報》（*London Daily Express*）工作過，二次大戰期間，她是《時代》（*Time*）與《生活》（*Life*）兩本美國主流雜誌的歐洲特派員，認識海明威時她也是名花有主，丈夫是英國《每日郵報》（*Daily Mail*）戰地記者諾爾・孟克斯（Noel Monks），獲派南太平洋報導世界大戰，但兩人的婚姻已名存實亡。有一天，瑪莉與正在追求她的記者艾文・蕭（Irwin Shaw）在倫敦知名的希臘餐廳「白塔」（White Tower）吃午餐，海明威主動跑到餐桌旁，要老友艾文替他介紹瑪莉——艾文這就知道海明威看上了瑪莉，自知級數遠遠不如人，自此便不再白費力氣了。

海明威與瑪莉的戀情跟瑪莎很像，他與她倆都是一見鍾情。當時，海明威住在倫敦多卻斯特飯店（The Dorchester），瑪莉之後也跟一位女性友人搬了進去。某天晚上，海明威造訪瑪莉的客房，以特有的「海式風格」，用充滿男子氣概的語氣單刀直入地說：「我不認識妳，瑪莉，但我想娶妳」，瑪莉雖然提醒他，說他倆都還是已婚身分，但想必已芳心竊喜。幾天後的夜晚，海明威與一群友人醉後酒駕，車子直接撞上一座大型水槽，前座乘客海明威的頭撞在擋風玻璃上，傷得非常重。瑪莉不但帶花前去探病，還溫言安慰，但隨後抵達的瑪莎剛剛結束一趟可怕的大西洋

航程，不想聽他多廢話，當面跟他說她受夠了，隨即離開。就這樣，他們在 1945 年離婚，等到瑪莉與孟克斯隔年辦妥離婚手續後，海明威便與她再婚——此時，兩人的婚姻紀錄加起來已有七次。

　　海明威與瑪莉結婚後，又回古巴的瞭望山莊定居，卡斯楚（Fidel Castro）的古巴革命政府於 1959 年開始當家後，他們在 1960 年才離開，在四周有好山好水的愛達荷州凱泉鎮（Ketchum）定居。瑪莉陪海明威度過文學家生涯的頂峰：他的《老人與海》（*The Old Man and the Sea*）在 1952 年出版，備受各界好評，成為美國文學史上繼梅爾維爾（Herman Melville）的《白鯨記》（*Moby-Dick*，1851 年出版）與傑克・倫敦的《海狼》（*The Sea-Wolf*，1904 年出版）後的海洋文學經典，讓他在 1953 年首次榮獲普立茲小說獎肯定，到了 1954 年，他更因為終身的文學成就成為諾貝爾文學獎得主，瑞典皇家科學院在宣布他獲獎時也曾提及《老人與海》一書。

　　但海明威的人生為何會以自殺的悲劇畫下句點呢？首先該注意的是，他的許多家族成員都以自殺了結一生，第一個是他父親，隨後他的妹妹烏蘇拉與弟弟萊瑟斯特也是，甚至他的孫女瑪格・海明威（Margaux Hemingway，長子約翰的二女兒，曾是一

名超模與女演員）在 1996 年 7 月 1 日也是自殺身亡，日期只與
祖父相差一天（海明威死於 1961 年 7 月 2 日）。無論是巧合或
模仿效應，還是遺傳，總之自殺是海明威家族的不幸傳統。另一
個問題是，海明威曾多次歷經車禍與空難，再加上長年酗酒，寫
完《老人與海》後到他自殺的前幾年，他的寫作障礙越來越嚴重
（之所以能順利寫出回憶錄《流動的饗宴》，是因為他幸運地在
1956 年 11 月取回了自 1928 年以來便一直存放於巴黎麗池飯店
地下室的筆記與手稿），甚至還疑神疑鬼，覺得政府認為他逃稅，
正在跟監並調查他（聯邦調查局的胡佛局長的確曾於 1950 年代
派探員在古巴監視他）。在他逐漸衰退老化的過程中，瑪莉深受
其苦，因為海明威不再只是以前的自大狂與大男人，甚至還有暴
力傾向。

　　海明威無福消受新居凱泉鎮的好山好水，1960 年 11 月底就
被妻子送進了明尼蘇達州的老牌精神治療機構梅佑醫院（Mayo
Clinic），此後直到死前，一直都持續在該院進行電擊治療。許
多海明威的傳記作者都認為，持續的電擊治療對海明威的病況根
本沒有任何幫助，只是讓他變得更憂鬱，而且，梅佑醫院若想替
他保命，根本不該放他出院，讓他有機會自殺。而瑪莉在這件事
上也有責任，因為她明明已經見過海明威拿著霰彈槍打算自殺的

模樣，但等到他在 1961 年 6 月 30 日最後一次出院返家後，她居然沒將槍櫃的鑰匙收起來，讓丈夫有機會在 7 月 2 日凌晨取槍自殺，跟父親海明威醫生一樣舉槍轟頭，結束六十二歲的人生。

　　瑪莉發現丈夫死後，報案聲稱他是因為意外槍擊而死，但她的說法隨後立馬遭到警方與法醫推翻，海明威被推定是自殺身亡。瑪莉是因為一時驚慌而說謊，抑或只是想要維護丈夫的最後尊嚴與名聲？一切都沒有定論，就像我們永遠無法確定她是否不堪丈夫的精神折磨，故意不鎖槍櫃，任他取槍自盡。但從她之後養成了酗酒的習慣看來，她或許多少認為自己有責任。最後她定居紐約，二十五年後才結束長期的寡居生活，病逝於醫院。瑪莉不只是海明威的最後一任謬思女神，她在兩人十幾年的婚姻生活中負責打理自家莊園的一切家務，同時也幫海明威打字與整理手稿。海明威死後一個月，她重返古巴，把瞭望山莊捐給古巴政府，卡斯楚讓它成為海明威博物館。同時，瑪莉也負責主持許多海明威遺作的出版計畫，《流動的饗宴》與《伊甸園》都是由她替海明威出版的。

左　一位費茲傑羅筆下所謂的「飛女郎」，這一
　　類的女性愛跳舞喝酒，而且留短頭髮作風大
　　膽，是 1920 年代的新女性，費茲傑羅之妻
　　賽姐就是一位「飛女郎」。

右　費茲傑羅夫婦於車上合影。

左　1927年費茲傑羅前往好萊塢發展時據說與他曾
　　有過一段情的年輕女星露易絲・莫蘭。

右　1937年費茲傑羅第三度前往好萊塢發展，認識
　　了晚年的紅粉知己席拉・葛蘭姆。費茲傑羅就
　　是在席拉的公寓裡因為心臟病發去世的。

左　海明威於 1918 年在義大利戰場陣地受重傷，在
　　醫院住了很久才復原，此時他仍拄著拐杖。站
　　在他右手邊的就是他的護士情人士艾格妮絲‧
　　馮‧庫洛斯基。

右　費茲傑羅夫妻，衣著光鮮亮麗，形象體面，是
　　美國媒體的注目焦點。

左　1922 年剛剛結婚不久的海明威夫婦；兩人相差七歲，海明威年僅二十三，海德莉則是已經三十。

右　海明威與第二任妻子寶琳於 1927 年在巴黎合影。這一年一月海明威與海德莉離異，五月就與寶琳再婚了。

<blockquote>

左　海明威與第三任妻子瑪莎·葛宏合影。這張照片中兩人看來感情甚篤，但後來瑪莎選擇積極投入戰地記者的工作，與海明威漸行漸遠，兩人甚至反目成仇。

右　海明威與第四任妻子瑪莉於非洲狩獵期間的合影。他們倆於 1953 到 54 年間的狩獵經歷被海明威寫成了《曙光示真》一書，但他生前並未出版；之後，手稿由其次子派崔克編輯，於1999 年出版。

</blockquote>

第四章
費茲傑羅與海明威的好萊塢之旅

不只是提款機
讓派拉蒙情有獨鍾的《大亨小傳》
從〈重返巴比倫〉到《魂斷巴黎》
《夜未央》：從小說到電影
《最後的大亨》與費茲傑羅眼中的好萊塢
海明威與巨星們的交情
從《太陽依舊升起》到《妾似朝陽又照君》
海明威的戰爭片：《戰地春夢》與《戰地鐘聲》
海明威與《老人與海》電影版

不只是提款機

　　《大亨小傳》問世後，賣座雖不如處女作《塵世樂園》那樣擁有席捲書市的氣勢，但基於費茲傑羅既有的名氣，也還算暢銷，因此有劇團找來剛剛獲得 1923 年普立茲獎的劇作家歐文・戴維斯（Owen Davis）操刀，改編成百老匯舞台劇，從 1926 年 6 月開始在紐約市的國賓劇院（Ambassador Theatre）上演。費茲傑羅夫婦當時人在歐陸各國遊歷，無緣得見《大亨小傳》舞台劇版的演出，海明威倒是寫信給費茲傑羅，建議他將《大亨小傳》的電影版權賣給派拉蒙公司（價碼一萬六千美金，是他賣出電影版權的作品裡價碼最高的），再加上先前舞台劇的權利金，費茲傑羅就可以好好寫一部小說，也許有朝一日可以成為第一個獲得諾貝爾文學獎的美國人。

　　豈料，後來費茲傑羅推出下一本小說《夜未央》讓海明威感到很失望，第一個獲得諾貝爾文學獎的當然也不是費茲傑羅，而是辛克萊・路易斯（Sinclair Lewis）。但是，從兩人交往過程的這段小小插曲，我們可以看到，一來海明威非常羨慕費茲傑羅能有額外收入來支撐自己的寫作，二來可以看出費茲傑羅成名後，的確有一段時間——至少在 1930 年前，是當時各大電影公司感

興趣的對象。1920 至 30 年代是好萊塢所謂的「黃金年代」，電影公司每年最多可以推出幾十部電影，對於故事的需求量非常大。最便宜且可以確保電影票房的作法，當然就是購買知名小說家的故事，再請專業編劇改編劇本。

上一章提及，費茲傑羅曾於 1927、1931 與 1937 三度前往好萊塢發展，時間或長或短，最後更病逝好萊塢。其實當時很多現代主義作家為了養家餬口，都跟費茲傑羅一樣去了好萊塢，例如曾跟海明威一樣前往歐洲戰場服務的小說家約翰·多斯·帕索斯——他倆還曾一起幫西班牙內戰紀錄片《西班牙大地》（*The Spanish Earth*）撰寫劇本；還有美國南方小說大師威廉·福克納（William Faulkner），福克納最具代表性的兩本劇作就是雷蒙·錢德勒（Raymond Chandler）偵探小說《大眠》（*The Big Sleep*）的電影劇本，以及由海明威小說《有錢人和沒錢人》（*To Have and Have Not*）改編的電影劇本（電影英文名稱一樣，中文一般翻譯為《逃亡》）。他們不僅以寫劇本維生，小說創作也受編劇經驗影響，例如費茲傑羅寫出《最後的大亨》，多斯·帕索斯創作了「美國三部曲」的最後一部《巨富》（*The Big Money*），以「攝影鏡頭」（the camera eye）為故事的敘述模式。總之，從 20 年代末至 30 年代的經濟大蕭條期間，好萊塢為他們提供了一種

人生的出路。

　　當然，在這些「失落的一代」作家裡，海明威顯然比較獨特：他不委屈自己，跑到好萊塢打工維生，從《戰地春夢》問世後，向來都是電影公司主動捧錢向海明威購買電影版權，理由很簡單——因為他是賣座作家。以下，是海明威各部電影的版權收入，大家就能理解他為何不必為五斗米折腰：

　　　　派拉蒙買下《戰地春夢》版權，收入八萬美金。
　　　　派拉蒙買下《戰地鐘聲》版權，收入十五萬美金。
　　　　聯美買下〈法蘭西斯・麥康伯的短暫幸福生活〉（ "The Short Happy Life of Francis Macomber" ）版權，收入七萬五千美金。
　　　　二十世紀福斯買下〈吉力馬札羅火山之雪〉（ "The Snows of Kilimanjaro" ）版權，收入七萬五千美金。
　　　　環球買下〈殺手們〉（ "The Killers" ）版權，收入三萬五千五百美金。
　　　　華納兄弟買下《有錢人和沒錢人》，收入一萬美金。
　　　　華納兄弟買下《老人與海》，收入十五萬美金。

據說，海明威還因擔任《老人與海》電影裡捕魚鏡頭的顧問多拿了七萬五千美金，此外《生活》雜誌在《老人與海》出版前十天便已搶先連載，還付了四萬美金給他——總計，這篇才一百多頁的作品居然讓他賺了二十六萬五千美金，這還不包括小說版稅！海明威說，他總是把書丟給片商，片商丟錢給他，他跳上車趕快飆車離開，這顯然是玩笑話。否則他何必對《老人與海》的編劇工作提供那麼多意見？何必堅持一定要賈利·古柏（Gary Cooper）演出《戰地鐘聲》的男主角勞勃·喬登（Robert Jordan）？好萊塢的確是海明威的提款機，但絕非只是提款機。

讓派拉蒙情有獨鍾的《大亨小傳》

費茲傑羅一生創作了一百八十一篇短篇故事，其中許多被改拍成電影（包括稍後要討論的《魂斷巴黎》），此外五本小說中，迄今只有《塵世樂園》尚未成為改編拍攝的對象。事實上，費茲傑羅於 1920 年出版《塵世樂園》後一夜成名，變成暢銷作家後也吸引了許多當時製作默片的公司上門向他購買故事版權，例如大都會電影公司（Metro Pictures，後來與另外兩間公司合併，成為米高梅電影公司）拍攝的《歌舞女郎之戀》（*The Chorus Girl's*

Romance，1920 年 8 月，故事原名為 Head and Shoulders），還有《外海海盜》（The Offshore Pirate，1921 年 1 月，故事原名與電影相同），至於福斯電影公司與 1920 年 9 月推出的《尋夫記》（The Husband Hunter）則是脫胎於〈麥拉與他的家人見面〉（"Myra Meets His Family"）這篇故事。《塵世樂園》出版兩年後，他推出的小說作品《美麗與毀滅》也立刻被華納兄弟公司拍成默片。

接下來就是《大亨小傳》了——這本被拍成最多次電影的現代主義小說的確特別值得一提。小說 1926 年出版後，照例也被大公司買下，拍成默片，買家就是成立於 1916 年的「知名演員與拉斯基電影公司」（Famous Players-Lasky Corporation），這家公司在默片時期拍攝了數百部片，推出《大亨小傳》默片的隔年，該公司經改組，成為後來的派拉蒙電影公司。因為默片的底片材質保存不易，1926 年版的《大亨小傳》並未流傳下來，但從僅存的短片可以看出導演的確想傳達出爵士年代的熱鬧與歡樂氛圍；然而，透過既存文獻看來，電影劇本是根據舞台劇的改編劇本，而非原著。派拉蒙公司對《大亨小傳》情有獨鍾，二十三年後又在 1949 年再次推出新版《大亨小傳》，由走紅於 1940至 50 年代、常主演西部片與犯罪電影的紅星艾倫・拉德（Alan Ladd）飾演主角蓋茨比。這部片在編寫上特別強調蓋茨比的黑道

背景，有許多幫派火拚的畫面，拉德飾演的蓋茨比並不像原著：在小說裡，蓋茨比的財力足以在紐約購置豪宅，夜夜笙歌，然而他的組織犯罪與販運私酒的背景卻是僅只於謠傳。

時隔二十五年，該公司再度推出《大亨小傳》第三個電影版本，除了預算高達六百零五萬美金，時間比上一個版本（九十分鐘）足足多出五十分鐘，編劇是曾以《教父》（The Godfather）系列電影獲得奧斯卡金像獎的法蘭西斯・柯波拉（Francis Ford Coppola）。特別值得一提的是，本片男主角蓋茨比是由當年最紅的好萊塢小生之一勞勃・瑞福（Robert Redford）擔綱，少了拉德的江湖味，多了幾分溫文儒雅但卻精明幹練的氣質，完全沒有私酒大亨的味道，與拉德形成強烈對比。當然，女主角米亞・法蘿（Mia Farrow）年方二十九，也把有公主病的黛西演得入木三分。此版本因影片時間較長，導演有較多時間可以刻畫角色的內心戲、鋪陳各種細節，時間雖嫌冗長，但也加入了一些小說中沒有的細節。例如，影片的最後，尼克在蓋茨比的葬禮結束、即將離開其豪宅前，往外一看，綠光仍在昏暗夜色中閃爍不停，The End 兩字在銀幕上出現後，切換到白天畫面，一群紅男綠女搭乘小船在長島的碼頭上岸，搭上一輛輛汽車，想必跟蓋茨比死前一樣，又是要到哪一戶富貴人家參加派對——而這也是費茲傑羅想

表達的主題之一：有錢人永遠不會為你而改變，金錢的世界是你無法擊倒的。

　　到了 2013 年，華納兄弟電影公司特別邀請曾執導《羅密歐與茱麗葉》（*Romeo and Juliet*）與《紅磨坊》（*Moulin Rouge*）的澳洲大導演巴茲‧魯曼（Baz Luhrmann）為影片操刀，魯曼延續他過去幾部影片的風格，把新版《大亨小傳》拍得色彩繽紛，艷麗動人，許多鏡頭都特別呈現汽車等現代生活面向的速度感，又加入一些戰爭的鏡頭，敘事方式則是以尼克的回憶錄形式來進行，頗富新意。值得注意的是，從第二到第四個《大亨小傳》電影版本，創作者都忠於費茲傑羅的原作精神，把小說中的三個象徵性要素保留了下來：包括那位於東卵（East Egg，黛西的住處）碼頭上，象徵蓋茨比的希望與夢想的綠色海上燈光，還有那一片位於紐約與西卵（West Egg）之間的灰燼谷（Valley of Ashes），而在灰燼谷裡所發生的一切，包括黛西丈夫湯姆與修車廠老闆娘默朵（Myrtle Wilson）之間的姦情，包括黛西不慎將默朵撞死一事，全都被一旁診所廣告看板上的眼科醫生艾柯伯格（Dr. T.J. Eckleburg）看在眼裡，彷彿是一雙見證美國夢被粉碎與美國人道德墮落的全知之眼。

從〈重返巴比倫〉到《魂斷巴黎》

我在上一章曾提及，賽姐因為長期練舞習畫，過於勞累，再加上靡爛的生活型態，導致她從 1930 年開始陸續出現幾次精神崩潰的狀況，時好時壞，費茲傑羅百般不得已，數度將她送進精神療養院，或者帶去給阿拉巴馬州蒙哥馬利的家人照顧。賽姐是家中最小的孩子，她的姊姊羅莎琳（Rosalind）認為他們夫妻倆在 1920 年代過盡了紙醉金迷的生活，是造成賽姐精神崩潰的主因，費茲傑羅更是一個酒鬼，沒資格養育女兒，女兒應該交由她與丈夫收養。因為這個不太愉快的經驗，費茲傑羅於 1931 年 2 月在《星期六晚間郵刊》（*Saturday Evening Post*）上發表了〈重返巴比倫〉（"Babylon Revisited"）這篇故事。

故事敘述一對長期酗酒爭吵的美國夫妻查理與海倫，他們住在巴黎，一個大風雪的夜晚，查理因為派對上的誤會而自行返家，盛怒下把海倫鎖在外頭，導致她因為招不到計程車，冒著風雪步行離開，染上了肺炎，後來雖然奇蹟似地康復，但終究因心臟病而去世——這一切，就像羅莎琳怪罪費茲傑羅，海倫的姊妹瑪莉安一樣也將海倫的死怪罪在查理身上，同時也取得了海倫女

兒荷諾莉雅的監護權。三年過去了，查理戒了酒，在布拉格做生意維生，某日他重訪巴黎，勸瑪莉安把女兒的監護權還給他。就在他快要成功之際，兩個往日的酒友突然跑到瑪莉安的家鬧事，瑪莉安憤怒不已，監護權一事就此告吹，查理只能回到麗池飯店的酒吧去喝悶酒。

　　這個故事最令人感慨之處在於，儘管費茲傑羅筆下的查理能夠戒酒，但他自己卻始終戒不掉。而故事最後他寫道，如今唯一能讓他感到美好的，只有他的女兒，他不再年輕，再也不像當年那樣懷抱著許多理想與夢想。的確，費茲傑羅與女兒史考姬雖沒有住在一起，但從兩人的通信便可看出，他對女兒的諄諄告誡與父愛，也許最後這一句話就是落魄作家費茲傑羅當時真正的想法。費茲傑羅服務過的電影公司米高梅於 1956 年把這個故事改編拍攝成電影，主演者是好萊塢傳奇女星，綽號「玉婆」的伊莉莎白・泰勒（Elizabeth Taylor），還有米高梅的當家小生范・強森（Van Johnson），並且將電影改名為《魂斷巴黎》（*The Last Time I Saw Paris*），同時，為了與好萊塢電影的大團圓公式相符，在丈夫的勸說下，瑪莉安最後改變了心意，把女兒還給查理。在費茲傑羅作品改編的幾部電影裡，《魂斷巴黎》可說是製作費最少、票房卻很好的作品（票房收入五百萬美金）。

《夜未央》：從小說到電影

　　《夜未央》這部小說之所以能改拍成電影，幕後推手是經典名片《亂世佳人》（*Gone with the Wind*）的製片人大衛・塞茲尼克（David O. Selznick）。塞茲尼克是個充滿遠見的好萊塢製片人，他的父親路易斯（Lewis）也是默片時代的知名製片人，因此他從青少年時期便開始在父親身邊工作，最擅長將各國經典小說改拍成電影，作品包括托爾斯泰的《安娜・卡列妮娜》（*Anna Karenia*）、狄更斯的《雙城記》（*A Tale of Two Cities*）以及馬克・吐溫的《湯姆歷險記》（*Adventures of Tom Sawyer*）——甚至《亂世佳人》也是改編自瑪格麗特・米契爾（Margaret Mitchell）的小說原著。他的另一項功績，就是把導演希區考克從英國挖到好萊塢，讓希區考克有機會拍出他的第一部好萊塢電影《蝴蝶夢》（*Rebecca*），並獲得奧斯卡最佳影片。（因為《亂世佳人》也得過，塞茲尼克可說是連兩年獲獎。）

　　由於費茲傑羅在米高梅最後的其中一個工作就是協助《亂世佳人》的編劇工作，塞茲尼克遂與他結為朋友，多年來他一直握有《夜未央》的電影版權，但始終無法把計畫實現。塞茲尼克於

1949 年離開米高梅，自己開設獨立製片廠，他的最後一部作品就是替二十世紀福斯公司跨刀製作，將海明威的《戰地春夢》改拍成電影（男主角為洛·赫遜〔Rock Hudson〕）。《戰地春夢》的女主角即塞茲尼克的嫩妻珍妮佛·瓊斯（Jennifer Jones）——他倆相差將近二十歲，感情甚篤，在事業上也數度合作，佳績連連，但合作《戰地春夢》時卻票房不佳，連帶影響了《夜未央》的募資工作，他迫不得已才把自己撰寫多年的劇本賣給福斯公司，但附帶條件是要由珍妮佛·瓊斯當女主角，而且也要盡量照原作與他所寫的劇本去拍攝。塞茲尼克這次雖未擔任製片，《夜未央》也可說是他在好萊塢影壇的最後努力，電影於 1962 年上映。三年後他便去世了。

　　《夜未央》在這樣的背景下開拍，福斯公司找來的導演，非常巧合，也是與海明威、費茲傑羅很有淵源的亨利·金恩（Henry King）：他的上一部作品剛好就是根據席拉·葛蘭姆的自傳拍攝而成的《癡情恨》，此前他也曾執導海明威小說改拍而成的三部電影：《雪山盟》（1952 年）、《妾似朝陽又照君》（1957 年）以及《老人與海》（1958 年），同時《夜未央》也剛好是高齡七十五歲的金恩所執導的最後一部作品。因為金恩希望能把片長控制在兩個半小時以內，但小說的篇幅甚鉅，這實在是改拍電影

的一大挑戰，因此導致主角迪克的情人蘿絲瑪麗在片中的發揮空間變小，甚至迪克的好友之妻瑪莉・諾斯（Mary North）一角也被刪掉，而且電影也不像小說一樣慢慢鋪陳妮可的精神疾病問題，而是一開始就把妮可的精神疾病問題呈現給觀眾，並指陳她是因為與父親的亂倫問題而生病。

可惜，《夜未央》的票房慘遭滑鐵盧（預算三百九十萬，票房卻僅僅一百二十五萬），許多影評認為，硬要四十三歲的珍妮佛演出妮可實在太過勉強，而且男主角傑森・羅拔茲（Jason Robards）雖然才剛在一齣舞台劇裡演過類似費茲傑羅的過氣作家角色（改編自巴德・舒爾伯格〔Budd Schulberg〕的小說《美夢不再》〔The Disenchanted〕，舒爾伯格曾在費茲傑羅生前與他一起工作過，以他與賽妲的故事為藍本寫出這本小說），但卻把迪克演得太過憂鬱，全無理想性與正面性。更重要的是，電影裡妮可試著幫助開始墮落的丈夫迪克，與小說中妮可痊癒後立刻拋棄迪克、與情人離開的情節不同——因此無法呈現費茲傑羅原作中「最是薄情富家女」的主題。但除了上述的問題，《夜未央》在法國蔚藍海岸與充滿湖光山色的蘇黎世取景，片中風光美好，電影同名原創主題也獲得當年奧斯卡金像獎提名，整體而言並不是一部太差的作品。

《最後的大亨》與費茲傑羅眼中的好萊塢

　　前面數次提及費茲傑羅未完成的小說作品《最後的大亨》，那是一本費茲傑羅打算寫三十一章，但終究因心臟病發去世、只完成十七章，留下了一些工作筆記的未完成作品。他死後，知名文評家（他的普林斯頓大學同學）艾德蒙・威爾遜代為整理，於 1941 年將這本遺作出版，改編成在 1976 年上映的電影《最後的大亨》。這部片的卡司陣容在所有費茲傑羅作品改編而成的電影裡可說是最堅強的：演員包括勞勃・狄尼洛（Robert De Niro）與傑克・尼可遜（Jack Nicholson），製片是山姆・史畢格（Sam Spiegel），導演為伊力・卡山（Elia Kazan）。史畢格與卡山是老搭檔了：早在 1955 年，他們就以馬龍・白蘭度（Marlon Brando）主演的《岸上風雲》（*On the Waterfront*）一片奪得奧斯卡最佳影片，更厲害的是，他們這次找上後來在 2005 年獲頒諾貝爾文學獎的英國戲劇大師哈洛・品特（Harold Pinter）擔任編劇——事實上，品特畢生寫了二十七部劇作，他最擅長將文學作品改寫成電影劇本，後來《法國中尉的女人》（*The French Lieutenant's Woman*）與《陌生人的慰藉》（*The Comfort of*

Strangers）等小說的電影版都是出自於他的手筆。

　　勞勃‧狄尼洛對上傑克‧尼可遜？請不要一看到這兩個演員就以為所謂大亨是跟蓋茨比一樣的黑道大亨：《最後的大亨》的主角其實是以費茲傑羅在好萊塢認識的影壇大亨艾文‧索伯格（Irving Thalberg）為藍本，因此《最後的大亨》也可翻譯成「最後的影壇大亨」。先前曾提到好萊塢的「黃金時代」，就是指索伯格這種大片廠頭號製作人可以呼風喚雨、叱吒影壇的時代：他們精明無比，大權在握，從片場雜工到導演、巨星都得敬畏他們三分，開除主角、導演或刪減影片片段都是他們說了算。費茲傑羅之所以說「最後的大亨」，一方面是因為索伯格英年早逝，雖與海明威同年，卻於 1936 年便去世，另一方面是指在他死後影壇將逐漸變成演員工會、編劇工會與片場股東、投資人共同角力的天下，很難再有索伯格這種大亨出現了。

　　本來，史畢格希望傑克‧尼可遜擔任主角，1975 年他藉由《飛越杜鵑窩》（*One Flew Over the Cuckoo's Nest*）一片甫獲奧斯卡最佳男主角，聲勢如日中天，但卡山卻認為曾於 1973 年以《教父續集》（*The Godfather Part II*）獲奧斯卡最佳男配角的勞勃‧狄尼洛更適合索伯格那種精瘦、早熟、沉著與世故的模樣，連索伯格的兒子都說他像極了自己印象中的父親。但礙於製片的

情面，卡山還是讓尼可遜在片中軋一腳，雖是一個叫做布林默（Brimmer）的工會分子，戲份卻不多，但在電影即將接近尾聲時，與主角狄尼洛間有一場時間不算短的對手戲──有趣的是，此片也是這兩位奧斯卡金獎影帝從影生涯中唯一的合作機會。後來因為兩人的片酬越來越高，像這樣將他們湊在一起演出的可能性就微乎其微了。

費茲傑羅首次赴好萊塢發展時便認識了索伯特；第二次，他去索伯特家參加了一場派對，因喝醉唱歌出糗，甚至還將派對當日的際遇改寫成一篇叫〈瘋狂星期天〉（"Crazy Sunday"）的短篇故事，發表於 1932 年 10 月，故事中以索伯格為藍本的角色邁爾斯·凱曼（Miles Calman）於故事結尾因空難喪生；豈料四年後，本來就患有先天性心臟疾病的索伯格也因為感染肺炎而逝世（果真戲如人生？）。費茲傑羅藉《最後的大亨》寫出他晚年冷眼旁觀的好萊塢影壇，雖然他在其中抑鬱不得志，但許多觀察卻精確無比。例如，索伯格在小說中化身為名為門羅·史塔爾（Monroe Stahr）的一位大亨，他的情感內斂，必須周旋於其他片場高層、導演、男女巨星、編劇、好萊塢投資人與工會幹部之間，好萊塢的「黃金年代」全靠他撐場，才不致分崩離析，勉強在商業利益與藝術價值之間求取平衡──真實世界中，索

伯格的確就是這麼神：他從片場基層幹起，但在擔任米高梅製作人的短短十二年間卻製作了四百部片，捧紅了克拉克・蓋博（Clark Gable）、瓊・克勞馥（Joan Crawford）與葛麗泰・嘉寶（Greta Garbo）等紅星，自己也曾以《叛艦喋血記》（*Mutiny on the Bounty*）等作品拿過三次奧斯卡最佳影片獎。

　　門羅・史塔爾是個悲劇人物，他雖認識了很像亡妻的女主角凱薩琳・摩爾（Kathleen Moore），卻終究與真愛擦身而過，而且被醫生告知病情不樂觀，儘管如此，還是要與許多人周旋——包括片場另一位高層人士派特・布萊迪（Pat Brady）以及工會幹部布林默。費茲傑羅還沒將小說寫完便猝逝，但在工作筆記裡交代了後續劇情發展：凱薩琳婚後仍與史塔爾有私情，布萊迪知道後打算以此要脅史塔爾，結果兩人互派殺手想了結對方性命。末了，史塔爾儘管有意收回刺殺令，改以正大光明的方法擊退布萊迪，但因為他死於空難而無法做到，布萊迪也因此被殺。這讓布萊迪的女兒賽西莉雅（Cecilia）哀痛欲絕，因為她同時失去了父親以及自己深愛的人。但是，品特撰寫劇本時完全以費茲傑羅已完成的部分為準，僅僅呈現出史塔爾在多重勢力的交相脅迫下走向失敗，電影結尾，只見他走進一片漆黑的攝影棚裡，背影漸漸淡出。在電影中，我們看到工會幹部布林默與史塔爾一起喝酒，

史塔爾在酒醉之餘挑釁，卻三兩下就被撂倒（勞勃‧狄尼洛大戰傑克‧尼可遜，零勝一敗！）──這一拳不只擊敗了史塔爾個人，也終結了史塔爾所代表的舊好萊塢秩序。史塔爾跟費茲傑羅筆下的每一個主角一樣，都是失敗的英雄。

海明威與巨星們的交情

　　海明威從 1920 年代末期開始，就被當成足以代表一整個世代的高人氣美國作家，過程中雖然也遇過寫作瓶頸，但他就像作家裡的明星，一舉一動都受到矚目，就連好萊塢真正的明星也樂於與他交遊，常在電影合作後便建立起特殊的友情。賈利‧古柏大概是最有名的例子：一開始，他擔任 1932 年《戰地春夢》的男主角，等到派拉蒙跟海明威洽談《戰地鐘聲》版權時，他指定要賈利‧古柏再度擔綱男主角，甚至說自己寫小說時就是按照賈利‧古柏的形象來寫的。《戰地鐘聲》出版前，他們同赴愛達荷州太陽谷（Sun Valley）體驗野外生活，狩獵野鴨與雉雞，年齡相近（古柏小海明威兩歲），加上同樣來自中西部（古柏是蒙大拿州人），且都熱愛大自然，漸漸讓他們建立起友誼。接下來二十年，他們總是在夏天去太陽谷狩獵，冬天去滑雪。1961 年 1

月中旬，他倆最後一次到太陽谷的雪地裡去健行，當時的古柏已在前一年因前列腺癌開刀，自知癌細胞已擴散到肺部與骨頭，即將不久於人世——結果，該年 5 月 13 日他就病逝了，離世前一個月才由他的演員好友詹姆斯·史都華（James Stewart）代他領取了奧斯卡終身成就獎。沒想到海明威隨即也於七月自殺身亡，追隨老友的腳步，到另一個世界團聚。

　　許多女星都稱海明威為「老爹」，其中與他感情甚篤是艾娃·嘉娜（Ava Gardner），都被海明威直喚為「女兒」，連瑪莉也喜歡她。她的年紀比海明威小二十三歲，簡直像海明威小說電影的御用女主角，從 1946 年版的《殺手們》到 1952 年的《雪山盟》、1957 年的《妾似朝陽又照君》，都是她演員生涯的代表作。艾娃與第三任丈夫（也是最後一任）法蘭克·辛納屈（Frank Sinatra）於 1954 年分居，1957 年離異，但實際上，早在之前兩人就已經貌合神離：1953 年年底，她在西班牙交了一個男友，也就是人氣僅次於獨裁者佛朗哥將軍的偉大鬥牛士路易·米蓋·多明根（Luis Miguel Dominguín），海明威曾說他是「復仇王子哈姆雷特與情聖唐璜的綜合體」。對於西班牙與鬥牛的熱愛讓她和海明威的人生有了更多交集，她甚至曾造訪海明威位於古巴的瞭望山莊，在那兒裸泳——據說，她離開後，海明威特地吩咐僕

人不能把泳池裡的水放掉。

　　另一個與海明威相交數十年，交情匪淺的是小他兩歲的柏林女演員瑪琳・黛德麗（Marlene Dietrich），她曾演過德國表現主義經典電影《藍天使》（*The Blue Angel*）等電影，1930 年代前往好萊塢派拉蒙公司發展，後來歸化為美國公民。她在好萊塢的第一部戲是與賈利・古柏主演的《摩洛哥》（*Morocco*），並獲奧斯卡最佳女主角獎的提名。瑪琳雖是德國人，但在美國加入二次世界大戰後，她長期跟隨盟軍至歐洲前線募款勞軍，因此有「叛國女神」的稱號。1934 年，她與海明威在一艘法國客輪上認識，自此書信往來頻繁。2014 年 3 月，瑪琳的孫子把她的遺物拿出來拍賣，其中就有一封兩張信紙的信是海明威寫給她的，信裡，他暱稱她為「最親愛的小白菜（Dearest Kraut）」，而且有許多調情的火辣言詞。後來盟軍攻回巴黎，海明威曾在麗池酒店住上一段時間，據說瑪琳常去找他，他一邊刮鬍子，瑪琳就坐在一旁的浴缸邊緣唱歌給他聽。不過，海明威總是跟朋友們說，他跟瑪琳沒上過床，因為時機總是不對。

從《太陽依舊升起》到《妾似朝陽又照君》

　　《太陽依舊升起》雖說是海明威的第一本長篇小說代表作，但卻要到出版了三十一年後，才在 1957 年搬上了大銀幕。片裡，主角傑克・巴恩斯與他的英籍前女友布蕾特・艾許力女士分別由泰隆・鮑爾（Tyrone Power）與艾娃・嘉娜演出，在法國巴黎與墨西哥莫瑞利亞市（Morelia）取景，奔牛節的壯觀場景以及鬥牛表演是電影的高潮。二十世紀福斯公司創立於 1933 年，鮑爾就是該公司早期的代表性男星，他在 1940 年演出的《蒙面俠蘇洛》（The Mark of Zorro）尤其令人難忘，更有趣的是，據說當艾文・索伯格的遺孀諾瑪・席洛（Norma Shearer）有意把《最後的大亨》拍成電影，屬意的男主角人選就是他，可惜福斯公司並未答應將他外借。《妾似朝陽又照君》是鮑爾留給世人的遺作之一，因為他在該片推出的隔年，在西班牙馬德里拍戲時便因心臟病發作而逝世。

　　導演亨利・金恩說，他跟海明威早在 1923 年就在巴黎認識，當時海明威正在寫《太陽依舊升起》，他非常希望能把戲拍好——特別是，他在 1952 年推出的《雪山盟》一片飽受海明威批評，他很想在拍攝《妾似朝陽又照君》時一雪前恥。這

部片在劇情上算是相當忠於原著，電影一開頭就呈現了塞納河畔與巴黎鐵塔日出時的畫面，帶出了故事背景。此外，為了暗示主角傑克在戰時受到重傷，導致性無能，片頭的第一場戲特別安排他與曾一起待過米蘭的軍中同袍在報社外的巴黎街頭巧遇，分開前，那位同袍特地問他：「你還好嗎？」傑克走進報社後，那位同袍還露出非常憂慮而惋惜的表情。但基於好萊塢電影必須以希望而非絕望收場的原則，布蕾特‧艾許力與傑克‧巴恩斯在計程車上的對話被改掉了——在原著裡，艾許力說，「我們本來可以好好在一起的。」絕望之餘，傑克回應了一句：「是啊，能那麼想不是很美妙嗎？」改編後，他倆變成一對擁有真愛，雖受阻但仍決心一起找出答案的戀人：

　　布蕾特‧艾許力：「糟糕的是，這一切再簡單不過了，你是我唯一能愛的人。」

　　傑克‧巴恩斯（想了很久）：「呃，那接下來我們怎麼辦？」

　　布蕾特‧艾許力：「我不知道……親愛的……我們一定能在某處找到解答。」

　　傑克‧巴恩斯：「我確定我們可以的。」

海明威創造布蕾特・艾許力此一角色的靈感來自他在巴黎認識的姐芙・特斯登女士（Lady Duff Twysden），那時她才三十出頭、來自英國約克郡，在當時巴黎的英美僑界是名奇女子。演出這個角色時，艾娃・嘉娜芳齡三十五歲，剛好是她最美艷動人的時候，演藝生涯正處於巔峰狀態。而且據說她拿到劇本後還特地與海明威討論，叫他一定得要求公司修改。至於泰隆・鮑爾卻是個較複雜的人選。一方面，他的確曾在二次世界大戰期間到南太平洋從軍，以海軍陸戰隊上尉飛官的身分參與硫磺島戰役等軍事行動的補給任務。此外，他之所以與第一任妻子離異，據說就是因為參戰對他的身心都有了影響，讓他變成另外一個人，這樣看來，他的確是飾演傑克的不二人選。問題是，不僅他，包括周旋在女主角身邊的所有男人，除了飾演鬥牛士的二十七歲年輕菜鳥演員勞勃・伊文斯（Robert Evans）之外，年紀實在都比他們所扮演的角色還要老上十幾歲，對許多觀眾來講的確缺乏說服力，甚至有毒舌影評說，片名應該改成「太陽依舊沉落」（The Sun Also Sets）。這應該是《妾似朝陽又照君》票房慘兮兮的原因之一（預算三百五十萬，票房收入僅僅三百八十一萬）。

海明威的戰爭片：《戰地春夢》與《戰地鐘聲》

當派拉蒙公司於 1932 年將海明威的《戰地春夢》改拍成電影時，如前所述，好萊塢已進入所謂有聲電影的「黃金年代」，而在「失落一代」小說家的作品裡，《戰地春夢》是最早被改拍成電影的。有趣的是，這部片的導演是橫跨默片與有聲電影時代的名導法蘭克·博塞吉（Frank Borzage）——六年後他又推出另一部戰爭片，是由《西線無戰事》作者雷馬克的另一本小說《三個同袍》（*Three Comrades*）改編而成，而且這一部由米高梅公司推出的電影其實是費茲傑羅唯一被掛名為編劇的作品。如此看來，費茲傑羅與海明威的命運可以說是緊緊相繫，類似的巧合可謂無所不在。例如，另一個巧合是，不只葛雷哥萊·畢克，就連賈利·古柏也一樣，他們都曾在電影裡飾演過費茲傑羅（前者演的是上一章提及的《癡情恨》，後者則是 1935 年的《洞房花燭夜》〔*The Wedding Night*〕，不過古柏演的角色被改名為湯尼·巴瑞特〔Tony Barrett〕），而且也都主演過兩部海明威小說改編而成的電影（古柏演的是《戰地春夢》與《戰地鐘聲》，葛雷哥萊·畢克演的則是 1947 年的《麥康伯事件》〔*The Macomber Affair*〕，

由〈法蘭西斯‧麥康伯的短暫幸福生活〉改編，還有亨利‧金恩執導的《雪山盟》，由〈吉力馬札羅火山之雪〉改編）。

　　從客觀成就看來，1932 年版的《戰地春夢》獲得四項奧斯卡金像獎提名，贏得兩項（包括最佳影片提名，1957 年版則只有一項最佳男配角提名）；同時，三十而立的賈利‧古柏剛走紅，又年輕又帥，女主角海倫‧海斯（Helen Hayes）則是在前一年剛以戰爭愛情片《戰地情天》（*The Sin of Madelon Claudet*——真巧，製作人是艾文‧索伯格！）贏得了奧斯卡最佳女主角獎，聲勢正旺。對於當時的觀眾來講，由他們飾演佛德烈克‧亨利與凱薩琳‧巴克利這一對戰火鴛鴦實在是再適合不過了。但是，對於海明威而言，這部電影的最大缺陷在於，派拉蒙拍了兩個版本的結局：在一個版本裡面，難產的凱薩琳死在亨利懷中；另一個版本，觀眾則是看到他倆一起迎接一次世界大戰的終戰鐘聲。派拉蒙把兩個版本都交給了各地電影院，由老闆們自行決定要給觀眾看哪個版本——結果，　時間罵聲四起，讀者與影評惡評如潮，連海明威也非常不滿（就像二十年後，《雪山盟》的導演金恩未將男主角賜死也是被海明威與觀眾給罵翻了）。看來，對海明威而言，這部片唯一做對的事就只有找來賈利‧古柏演亨利，讓他留下深刻印象。

1957 年版的《戰地春夢》是名製作人大衛・塞茲尼克的封刀之作，他的妻子珍妮佛・瓊斯當然是女主角的不二人選。塞茲尼克於 1955 年從華納兄弟手上買下電影版權，一開始鎖定的導演人選是曾於 1948 年以西部片《碧血金沙》（*The Treasure of the Sierra Madre*）獲金球與金像雙料獎項的大導演約翰・休斯頓（John Huston），其企圖心自不待言。但在選角方面，休斯頓認為有很大問題，他覺得主角洛・赫遜實在太帥，太不像軍人，活像個大情聖。其實休斯頓的顧慮很有道理：因為他非常希望能忠於海明威的原著精神，既然書名叫 "*A Farewell to Arms*"，就必須顧及 "*Arms*" 一詞是個雙關語，一方面指「武器」，意思是「告別戰爭」；另一方面則是指「情人的懷抱」，意思是「告別愛情」（指凱薩琳難產而死）。因此電影必須在「戰爭」與「愛情」兩大主題之間求取平衡。可惜，因為製作人塞茲尼克實在太過強勢，對劇情多所干涉，導致休斯頓怒而求去。果不其然，最後拍出來的兩個半小時電影，戰爭的部分甚少。

　　在海明威的許多戰爭小說裡，「反戰」與「對宗教的不信任」向來是重要故事元素，因此讀過《戰地春夢》原作的人對於小說裡軍人的反戰言論，以及隨軍神父不斷被軍官們嘲諷，應該都留下了深刻的印象。然而，關於這一點，不管是 1932 或 1957 年版

的《戰地春夢》電影都沒有太著墨。然而，若純粹從視覺效果與娛樂的角度看來，1957 年版也有其可觀之處，特別是影片開始沒多久，亨利隨著救護車車隊被派往義大利與奧地利兩國邊界山區參戰，兩國部隊在雪地裡互相以大砲攻擊對方戰線，呈現高度的真實感與震撼力。此外，塞茲尼克為了避免重蹈派拉蒙公司被影評與海明威書迷罵翻的覆轍，特別寫信交代導演查爾斯・維多（Charles Vidor），在片尾一定要將凱薩琳「賜死」。

在改編方面，這部片的編劇也付出不少心力，添加了一些幽默元素。例如，亨利在兩國邊界陣地受傷之後被送往米蘭的醫院，搬運他的人笨手笨腳，讓他一下腳部被電梯門夾到，一下又跌下床。受傷加上此等粗魯的對待，簡直讓他快氣瘋，他在病房裡鬧脾氣，甚至還把嘴裡的體溫計吐掉——結果護理長一聲令下，護士改而替他量肛溫。這個細節就是原著裡沒有的。為增添娛樂性，這類元素其實無可厚非，就像 1932 年版的開頭也加了一場小說裡沒有的戲：喝醉的亨利與凱薩琳遭遇空襲、躲進一個避難所裡，陰錯陽差，亨利把凱薩琳誤認為剛剛吃飯時才認識的妓女，結果被凱薩琳當成瘋子。另外，在 1957 年版裡，為了強化亨利逃離戰區的動機，亨利的軍醫好友里納迪（Rinaldi）被憲兵當成了德奧間諜，同時犯了擅離職守之罪，遭到槍斃。這也是

小説裡沒有的。

　　無論塞茲尼克或其妻珍妮佛，對這部片的成敗與評價都非常在意，但結果卻不如預期，不但票房不佳，她和洛‧赫遜的愛情戲也沒有激發出太多火花，讓她大受挫折。當年，身高一百九十幾公分、長相俊俏的洛‧赫遜的確是好萊塢的第一調情聖手（雖然多年後影迷們才發現他是同性戀，而且還是第一個死於愛滋病的名人），但過於美艷的珍妮佛‧瓊斯實在太不像戰地俏護士了。而且在小說裡，凱薩琳是個金髮女郎（海明威的護士女友艾格妮絲髮色則是褐色），但她的髮色是深色的，這想必也讓海明威感到失望。但最令海明威失望的恐怕是珍妮佛的年紀太大，毀了他塑造出來的年輕護士形象，因此，當塞茲尼克發電報給他，說等到電影有盈餘時再撥發合約裡沒有規定的五萬美金獎金給他，他則是回了一封令人印象深刻的電報，他說，若真有奇蹟發生：

　　　　這部由四十一歲〔其實應該是三十八歲〕的塞茲尼克太太飾演二十四歲的凱薩琳‧巴克利的電影真能賺到5 萬美金，塞茲尼克應該找一間當地銀行，將五萬塊全換成零錢，塞進屁眼裡……寫了一本自己鍾愛多年的書，卻親眼見它淪落到這種下場，那種感覺就像老爸的

啤酒被人撒了一泡尿。

　　海明威的戰爭小說被改拍成電影的另一個案例是 1943 年的
《戰地鐘聲》：它不但讓海明威大賺一筆電影版稅，其實片廠派
拉蒙與製作人兼導演山姆·伍德（Sam Wood）賺更多——成本
才三百萬的電影，居然能夠催出一千七百八十萬的票房。當時
該片女主角英格麗·褒曼（Ingrid Bergman）剛從瑞典轉戰好萊
塢不久，但海明威在 1939 年看了她主演的英語版《寒夜琴挑》
（Intermezzo，原為瑞典電影，女主角也是她）後，心裡就已認
定由她來飾演《戰地鐘聲》的女主角——女游擊隊員瑪麗亞。甚
至，華納公司眼見賈利·古柏與英格麗·褒曼這對銀幕情侶有票
房魅力，兩年後推出一樣由他們主演，山姆·伍德執導的《風塵
雙俠》（Saratoga Trunk），票房依舊亮眼。

　　基於票房考量，改編是絕對必要的。但是對海明威而言，因
為故事的歷史背景是西班牙內戰，共和政府與叛亂的佛朗哥將軍
之間的政治糾葛是他想呈現的重點之一，製片兼導演山姆·伍
德卻必須考量票房問題，為了避免遭到西班牙人抵制，特別淡
化了該片的政治色彩，把電影焦點擺在主角勞勃·喬登（Robert

Jordan）與瑪麗亞的愛情戲上。然而，故事經過修改後，有些地方難免與原著精神有所偏離，海明威甚至還威脅要開記者會將事情鬧大。事實上他所提出的批評不無道理，例如他說男女主角有一場在野外做愛的戲，兩人包在睡袋裡，古柏連外套都沒脫，褒曼那一身訂製的衣服與一頭漂亮捲髮也都很整齊，未免也太過離譜（當然，基於當時的電檢制度，這也許是伍德必須做出的選擇）。

　　另一個改編後遺漏掉的重要元素是小說第十五章。在那一章裡，年紀較大的西班牙游擊隊員安瑟爾默（Anselmo）答應主角勞勃·喬登守夜，牢牢盯著遠方被敵軍拿來當作總部的鋸木廠，不料當夜大雪紛飛，為執行任務，安瑟爾默不畏嚴寒，死守在值夜的地方。海明威不斷強調，喬登後來因為見他仍守在那裡而非常高興，興奮不已，這不但是一種同袍情誼的展現，也徹底流露了犧牲奉獻的革命精神；當然，在某種程度上也預示了安瑟爾默最後在炸橋任務時將犧牲，還有喬登雖已完成任務，腿部卻受了傷，為避免拖累同袍們，他留在敵軍會經過的路上，拿著機關槍，準備伏擊，犧牲小我。這也是為什麼一翻開小說，讀者就會看到，除了大剌剌的「獻給瑪莎·葛宏」幾個字（小說在 1940 年 10 月就已出版，但他與寶琳的婚姻關係是在 11 月 4 日才正式解除婚

約的），還有引自英國神祕主義詩人約翰・多恩（John Donne）的知名詩句，「沒有人是一座孤島（No man is an island）」，直指戰場上「我為人人，人人為我」的美德。

另一個更動之處則破壞了小說首尾呼應的既有結構。小說一開始，勞勃・喬登趴在松林的地面上悠閒地研究地圖；到了小說的結尾，勞勃則是已經讓其餘游擊隊隊友，包括自己的愛人瑪麗亞先行離開，手拿機關槍，一樣趴在松林地面上等待伏擊敵軍，等待自己被亂槍打死的命運。但與影壇人士多年的交手後，海明威已深諳好萊塢電影的公式，他事先就跟朋友說，「他們一定會用好萊塢的風格處理，一開始就把火車炸掉，而不是像我寫的那樣，用森林裡的平靜場景當開頭」，果然他料事如神，經過修改後，山姆・伍德一開始就安排銀幕上出現勞勃把一列行進中的火車炸掉的場景，最後則是像一般的英雄電影，讓畫面停在他以強大的機關槍火力攻擊敵軍的場景——不過，觀眾看不到勞勃自我犧牲的必然結果，也就是被敵軍亂槍打成蜂窩的畫面。

海明威與《老人與海》電影版

1958 年的《老人與海》是海明威唯一積極參與劇本撰寫，

甚至到祕魯外海幫忙拍攝捕魚場面的電影，而且這部電影的導演之一亨利・金恩過去多次執導其作品（《雪山盟》與《妾似朝陽又照君》），主角史賓塞・屈賽（Spencer Tracy）當時已五度獲得奧斯卡最佳男主角獎提名，聲勢如日中天——後來他跟勞倫斯・奧立佛（Laurence Olivier）一樣保持九次獲得提名的影史紀錄，而且他也是第一個連續兩年獲獎的演員（第二個是湯姆・漢克），得獎作品是 1937 年的《怒海餘生》（*Captain's Courageous*）與 1938 年的《孤兒樂園》（*Boys Town*）。但海明威似乎對團隊的表現一點也不買帳，批評史賓塞・屈賽老邁癡肥，不像漁夫（可是他靠這部片獲得第六次奧斯卡最佳男主角獎提名），也嫌攝影師沒有捕捉到馬林魚上鉤的畫面（但攝影師卻獲得了奧斯卡最佳攝影提名）。無論如何，觀眾的買帳程度似乎與他的惡評一致，這部電影的預算雖然從兩百萬暴增至五百萬，票房卻慘遭滑鐵盧。

《老人與海》的故事敍述老漁夫桑提亞哥（Santiago）已經八十四天沒有捕到魚，在第八十五天終於有一條大馬林魚上鉤，牠把小船拖往外海，一人一魚僵持了三天三夜，過程中老人為了幫自己打氣，特別回想自己年輕時曾經與一個魁梧的黑人比腕力，比了一整晚，中間換了好幾個裁判，最後才在早上大家都去

上工時由他獲勝，因此有一段時間他的綽號叫「冠軍」。最後，漁夫擊敗了馬林魚，把牠撈到船邊，可惜在回程時魚被鯊魚群吃光，只剩一副巨大骨架。這部片除了桑提亞哥之外，另一個主角是叫做馬諾林（Manolin）的小男孩，儘管爸媽叫他不要上老人的船，但他還是非常喜歡且敬重桑提亞哥。在這些方面，《老人與海》一片都非常忠於原著，我想主要是因為海明威的介入與堅持，據說導演原本要在電影裡加上老漁夫的亡妻一角，只因原著裡面提到「牆上原本掛著一幅妻子的染色照片，但被拿了下來，因為寂寞的他不忍卒睹，把它擺在角落裡架子上的乾淨襯衫底下」，但此一提議馬上被海明威否決。

所以，這可以說是一部沒有性、沒有愛、沒有任何刺激場景的電影，而且因為忠於原著，戲裡的對話簡潔，內心戲多，難怪不受觀眾青睞。但純粹就電影的拍攝手法而言，這部片仍有其實驗性：它是影史上首次使用所謂「藍幕」（bluescreen）合成技術的好萊塢影片之一，剪接過程中把祕魯外海拍攝的實境畫面（馬林魚跳出水面的遠鏡頭）跟在攝影棚水池裡以「藍幕」技術拍攝的虛構畫面（老漁夫桑提亞哥緊緊抓著魚線的近鏡頭）接在一起，但《時代》雜誌也因此批評這種剪接手法讓老漁夫的角色失去真實性，導致電影欠缺刺激的氛圍。而且，令海明威感到特別

不滿的是，被老漁夫固定在船邊的那一尾橡膠製造的馬林魚道具看起來實在太假了。不過，《紐約時報》的影評倒是對這部片抱持肯定的看法，認為製片李蘭·霍華（Leland Howard）做到了忠於原著，主角史賓塞·屈賽的表現極為大膽，配樂也呈現出主角的孤絕感，把主角變成「交響曲裡面的獨奏家」——果然，過去替許多西部片配樂的狄米屈·提翁金（Dimitri Tiomkin）也因而獲得了奧斯卡最佳原創電影配樂獎。

F. Scott Fitzgerald & Ernest Hemingway

左 艾娃·嘉娜因為主演多部海明威的電影而與他建立長年私交，也因此愛上鬥牛，甚至與幾位西班牙鬥牛士交往過。她就是《妾似朝陽又照君》（《太陽依舊升起》的電影版）裡面的女主角布蕾特·艾許力。

右 來自德國柏林的女演員瑪琳·黛德麗於 1930 年代赴好萊塢發展，據說與海明威是於 1934 年在一艘船上認識，交情匪淺，但並未正式交往過。只是兩人之間的通信內容可說熱情如火，常常互相調情。

左　1943 年的《戰地鐘聲》一片把賈利‧古柏與英
　　格麗‧褒曼塑造成廣受歡迎的銀幕情侶。據說
　　海明威在寫小說時就想到為賈利‧古柏量身打
　　造男主角勞勃‧喬登這個角色，而英格麗‧褒
　　曼之所以能擔任女主角，也是海明威親自挑選
　　的。

右　賈利‧古柏曾演過《戰地春夢》與《戰地鐘聲》
　　兩部電影的男主角，他與海明威也從 1940 年
　　代初期就建立起長年友誼，因為兩人都是來自
　　美國中西部，也同樣熱愛釣魚與狩獵。古柏於
　　1961 年 5 月因為癌症病逝，兩個月後海明威也
　　因長期憂鬱症而用獵槍自殺。

左　　海明威與賈利‧古柏在愛達荷州狩獵時合照。

右　　《星期六晚間郵刊》刊登了許多費茲傑羅的短
　　　篇小說作品，而這些作品的稿費也是他主要的
　　　經濟來源。

第五章
費茲傑羅與海明威的創作論

THIS SIDE OF PARADISE

By F. Scott Fitzgerald

簡與繁

　　費茲傑羅與海明威都是第一次世界大戰後的新生代作家，前者在出版《塵世樂園》後可說一夕爆紅，不但因而娶得美嬌娘，夫妻倆也變成記者追逐的對象，成為一般民眾茶餘飯後的話題；反觀海明威，他在 1924 年 1 月辭掉《多倫多星報》的海外特派員工作，重返巴黎，苦熬多年才靠費茲傑羅的介紹而出頭，這段期間，他在海德莉與寶琳的照顧之下才有辦法持續實現自己的作家夢，父親去世後他曾驚慌失措，跟人借錢辦後事，到了 1930 年代才真正站穩了職業作家的腳步。海明威當記者的時間雖然只有短短兩三年，但其精簡的文字風格卻是從事記者期間鍛鍊出來的。因此，當《巴黎評論》（*Paris Review*）的記者問他《堪薩斯星報》那份工作對他有何影響時，他說：

　　　　在《星報》工作時，我們被迫利用簡單敘述句來寫稿。這對任何人都有幫助。報社的工作不會讓年輕作家有所損害，甚至可能有助益，只要他不待太久的話。

　　根據某些學者研究，海明威的小說文句有百分之七十都是沒

有連接詞的簡單句構（越早期越明顯），而且喜歡以 "and" 來替代逗點，因此文字被稱為電報體。

　　先說費茲傑羅是怎樣入行的。當年，文學獎並不普及，專業寫作課程也一直要到 1968 年才由美國的愛荷華大學創立，一般作者要從業餘轉為專職，大概只有兩、三種途徑。其一是到報社上班，磨練文筆，不管海明威或辛克萊爾‧路易斯、約翰‧奧哈拉（John O'Hara）都是如此。其二就是像薛伍德‧安德生還有費茲傑羅那樣，到廣告公司當撰稿人，持續磨練文筆，或像另一個知名小說家理查‧葉慈（Richard Yates），他在二次世界大戰結束後重返紐約，也是到雷明頓打字機公司的廣告部門當撰稿員。此外，以費茲傑羅為例，學校的校刊也值得一試，如他在 1920 年前曾投稿的刊物，包括《聖保羅學院的現在與過去》（*The St. Paul Academy Now and Then*）[1]、《紐曼新聞》（*The Newman News*）[2] 以及《拿索文學雜誌》（*The Nassau Literary Magazine*）[3]，都是他就讀學校的刊物。當然，他在大學時代曾參與話劇社團「三角社」（The Triangle Club）的演出，為社裡所編寫了幾部劇本，也讓他有機會磨練文筆。

　　促成《塵世樂園》問世的最大原因，是費茲傑羅要向片面解除婚約的賽妲，甚至還有向她的親友證明，自己有資格成為能

夠養活她的專業作家。另一方面，他深怕自己在大戰裡捐軀，沒有任何作品存留於世，急著趕在派赴歐陸戰場前將小說寫出來，因此每逢週六便跑到軍官俱樂部，別人在一旁聊天抽菸看報，他卻拿出藏在步兵訓練手冊後的筆記本來寫小說，就這樣連續寫了十二個禮拜，寫出十二萬字的《塵世樂園》初稿，每寫一章就寄回去普林斯頓，請打字員幫他打出來。他將書的初稿幾度寄給紐約的史氏出版社，都被要求重新修稿再寄回，所以成書的過程不算順利。不只小說創作屢屢受挫，連短篇故事也賣不出去：除役後，他到紐約的巴隆·科里爾廣告公司（Barron Collier）上班，1919 年 3 到 6 月間，他一共寫出十九個短篇故事，一個故事最快只花一個半小時，多則三天，但全都被退稿——他說，房間裡釘了一百二十張退稿字條，直到 6 月底才以三十元的低價賣出了第一個故事（不過，這已經是當時他在廣告公司工作的三分之一月薪）。

　　費茲傑羅決心破釜沉舟，辭去工作，於 1919 年 7 月 4 日回到聖保羅家中專心修改小說，到了 9 月，稿件終於獲史氏出版社的編輯麥斯威爾·柏金斯接受。《塵世樂園》出版後，費茲傑羅說他覺得應該可以賣兩萬冊——沒想到出版社估計它的銷量最多只會有五千冊，而且如果能把初版的三千本賣光，已經算是令人滿意的成績。但他們雙方都太低估那一本書了：1920 年 3 月 26

日出版後，第一刷的三千冊《塵世樂園》於三天內售罄，出版頭一年便賣完四萬冊，這讓費茲傑羅幾乎在一夜間就成為美國家喻戶曉的人物，名利雙收，而且後來更被封為「爵士年代」（The Jazz Age）最具代表性的小說家。費茲傑羅說，他在 1919 年靠寫作賺的錢只有區區八百元，到了 1920 年，收入提高到一萬八千元。他的短篇故事本來一篇值三十元，到 1920 年已經可以拿到每篇一千元稿酬，而且到 1929 年持續提升到每篇四千元。

　　而海明威之所以能登上美國現代主義的舞台，第一位要感謝的畢竟不是費茲傑羅：就因果關係看來，費茲傑羅只能排第四位。他第一位要感謝的，是建議他與海德莉前往巴黎，並且幫他寫推薦涵的薛伍德‧安德生。藉此他才能夠順利融入巴黎的美僑文人圈。第二位要感謝的是住在巴黎的詩人朋友勞勃‧麥克阿蒙（Robert McAlmon）──他用富豪岳父的錢成立了接觸出版社（Contact Publishing Company），幫助許多文人朋友出版作品，其中包括海明威的《三個故事與十首詩》。該書在 1923 年出版，雖然只印三百本，但海明威寄了其中一本給艾德蒙‧威爾遜（費茲傑羅的大學友人兼知名文評），再由威爾遜轉告費茲傑羅，所以在感謝名單裡，第三位是威爾遜。《三個故事與十首詩》出版後，海明威在巴黎文藝圈開始小有名氣，待英國小說家福特‧

麥達克斯・福特（Ford Madox Ford）創立了《大西洋兩岸評論》（*Transatlantic Review*）這本短命月刊（發行時間為 1924 年 1 至 12 月），又幫他把〈印地安人的營地〉（"Indian Camp"）、〈醫生夫婦〉（"The Doctor and the Doctor's Wife"）與〈禁獵季節〉（"Out of Season"）刊登出來（前兩篇已在《三個故事與十首詩》裡出現過，還有一個故事是〈密西根州北部〉〔"Up in Michigan"〕），福特幫海明威刊登的這三篇故事，後來都收入他的第一本小說集《我們的時代》。

　　從海明威的早期作品看來，《堪薩斯星報》報社提供給菜鳥記者的「編輯指南」（style sheet）形塑了他的特有文字風格，指南裡的規則多達一百一十條，第一段所述的確便被海明威奉為圭臬：

　　　　句子寫短一點。第一段寫短一點。用生動的英文寫
　　　文章。多用肯定句，避免否定句。

　　指南裡的規則還包括報社請記者不要使用俚語（除非是新鮮的），也建議慎用形容詞。直到 1940 年，海明威仍強調那些規則是他學到的最佳規則，而且任何有天分的人，只要能把自己

想說的事寫出來，並恪遵那些規則，就不會寫出爛東西。海明威不像費茲傑羅那樣一夕爆紅，但所幸他也找到了巴黎與報社這兩個跳板，取得他進入文學圈子的入場卷。

海明威還有另一特色：說一是一，一加一絕對等於二。他不喜歡用文字耍花槍，不喜歡別人以過度技術性的角度去討論他的作品，這一點從他對《老人與海》一書的說明便可以清清楚楚看出來：

> 另外還有一個祕密。沒有象徵作用那回事。海是海。老人是老人。男孩是男孩，魚是魚。鯊魚也都是鯊魚，沒更多，也沒更少。人們所說的全部象徵作用都是狗屁。

他還說，身為作家，最重要的天分就是身上要裝一個「內建式的狗屁偵測器」（built-in shit detector），意思是把知道的東西寫出來就好，不要東拉西扯。

與海明威的極簡風格相較，費茲傑羅的文字風格繁複，此外，他對象徵的依賴是眾所周知的，最佳範例就是他的代表作《大亨小傳》（小說裡，「綠燈」、「眼科醫生廣告看板」等意

象都具有象徵意義）。但我們得先看看他的文學傳承。波蘭裔英國海洋小說家約瑟夫‧康拉德（Joseph Conrad）幫自己的小說《水仙號上的黑鬼》（*The Nigger of the Narcissus*）寫了一篇引言，他說：「我的任務，是用文字讓你聽見，讓你感覺到──但在此之前，必須先讓你看見。」──這句話向來被費茲傑羅奉為圭臬，因此他的文字，特別是對於景物的描寫，對於氛圍與情緒的營造，且他向來都十分注重視覺性的意象（image）。例如，他在《大亨小傳》裡如此描寫湯姆‧布坎南孔武有力的身體：「兩條腿套在雪亮的皮靴裡，從上到下繃得緊緊的，肩膀轉動時，一大塊肌肉在他薄薄的上衣底下伸縮起來」，生動地描寫出當年耶魯大學明星級美式足球員的架式，而湯姆的老婆黛西（大亨蓋茲比的老情人）則與此相反，被描寫成一個好像身體輕飄飄的仙女，「活像浮在停泊地面的大汽球裡」、「一身白色衣裙被風吹得輕飄飄的，好像剛乘著氣球，繞房子外邊飛了一圈回來似的」，我想，只要有看過電影版《大亨小傳》的人，都會發現導演試著把這種輕盈飄逸的畫面呈現出來。但他也說，湯姆的身體看來是如此「殘酷」，黛西的輕盈卻也預示她稍後的無責任感，肇事逃逸後害蓋茲比遭人槍殺，這些都是文字的象徵作用。

除了對於人物描寫很有一套，費茲傑羅所描寫的事物也相

當生動，且看他如何透過一輛車讓我們認識蓋茨比的暴發戶風格：「它的顏色是鮮艷的奶油色，四周鎳製的裝飾閃閃發亮，車身龐大，到處凸出一個個小盒子，有帽盒、餐盒與工具盒，一道道擋風玻璃層層疊疊，映射許許多多燦爛陽光。」海明威慎用形容詞與副詞，但費茲傑羅卻相反，特別喜歡使用。透過蓋茨比身邊的一切，他的衣著、車輛、豪宅，還有他舉辦的那些派對，讀者都可以看出他雖有錢、但住在西卵的他就是缺乏東卵那些「舊富階級」（old money）的尊貴氣質，俗氣不已。不過，費茲傑羅也強調動詞的作用，他在寫給女兒史考娣的信裡表示，散文的佳句必須靠動詞來帶動，同時在《最後的大亨》的工作筆記裡則強調，「動作就是角色（Action is character.）」。

如水底游泳，似海裡寒冰

費茲傑羅的女兒史考娣後來也成為一位作家，在她與父親的通信紀錄中，我們可以見到她與費茲傑羅曾有許多文學交流，大小說家父親給過她不少建議，一封未標明日期的信件裡有這麼一句耐人尋味的話：「所有好的寫作都是在水底游泳，屏住呼吸。（All good writing is swimming under water and holding your breath.）」此話自成一段，沒有前後文可以輔助我們理解，費茲傑羅也沒有作太多解釋，但卻可以引發我們許多想像。或許他強調「水底游泳」，是因為好作家必須讓文字的意蘊潛伏在文字表面之下，不著痕跡，這也就是所謂「意在言外」。就另一方面而言，潛在水裡游泳也是一件危險的事，所以作家跟泳者一樣，也必須慎之又慎。

姑且舉一段《夜未央》裡的游泳場景來解釋這一段話的涵義。該書第三卷第七章裡，我們看見迪克與妮可夫妻倆去海灘玩，但此時他倆的婚姻已岌岌可危，迪克變成一個不折不扣的酒鬼，迪克與蘿絲瑪麗調情，這一切妮可都看在眼底：

> 妮可游開，她看得出迪克的心病陰霾稍退，開始與蘿絲瑪麗玩了起來，拿出他那與人周旋的舊本領——儘管那本領已經像是有缺陷的藝術品一樣。她猜想，只要喝個一、兩杯酒，他就會為她表演水上盈鞦韆的特技，笨手笨腳地做他過去可以輕鬆完成的那些動作。她注意到他從今年夏天開始便不再從高空跳水了。

此時他們夫妻倆的關係實在盡在不言中，簡簡單單一個段

落描述的不只是動作，也預示了往後的情節發展。原是精神病患者的妮可此時已經痊癒，她的心底雪亮，冷眼旁觀迪克與蘿絲瑪麗，也看出迪克的體力因酗酒而大不如前，他不再是五年前剛認識蘿絲瑪麗的他了。這也表示，妮可即將為了湯米離開迪克。

這種強調「意在言外」的寫法，更被海明威的「冰山理論」表現得淋漓盡致。眾所皆知，海明威喜歡各種運動，包括拳擊、狩獵、釣魚與鬥牛，且往往以那些運動的專家自詡——特別是鬥牛與狩獵，況且奠定他專家地位的，是他在 1930 年代出版的兩本散文集：1932 年的《午後之死》（*Death in the Afternoon*）與 1935 年的《非洲的青山》（*Green Hills of Africa*），前者談鬥牛、後者論狩獵。但事實上，《午後之死》論述的除了鬥牛運動，該書第十六章也談及他最有名的「冰山理論」（theory of iceberg）：

> 散文就像建築，不是室內裝潢，而巴洛克時代已經結束了……冰山之所以壯麗，是因為它在水面上的部分只有八分之一，其餘八分之七都潛藏在水面下——因此，小說家若對自己描寫的事物有足夠的了解，而且寫得夠好，即使只寫出八分之一的文字，也能讓讀者充分

掌握他想表達的場景、情節與角色描寫。

　　當然，這種強調簡單與直截了當的精神，與海明威筆下的人物也有密不可分的關係，用冗長囉嗦的敘述方式來描寫他故事中常見的戰士、獵人、拳手與鬥牛士等角色，本來就不適合。他不喜歡別人為其文字冠上「極簡主義」（Minimalism）的稱號：他的確喜歡使用精鍊語言，避免贅述。他在接受《巴黎評論》的訪問時表示，他大可以把《老人與海》一書寫成一千多頁（但實際只有一百多頁，實為「冰山理論」的最佳範例），寫出漁村裡其他村民如何謀生、受過什麼教育，甚至生了幾個孩子，但這種作法已經有其他優秀作家做過了——所以他另闢蹊徑，把沒必要的東西都刪掉，即便如此，還是能夠把小說主角的經驗傳達給讀者，這可是一件困難的事。他還說，「海洋跟老人一樣值得描寫」，他曾看過馬林魚如何交配，知道那是怎麼一回事，他看過五十多條抹香鯨的鯨群，也曾用魚叉叉過一條幾乎長達六十英呎的巨鯨，但又給牠逃掉了，但這一切全都被他刪掉，只因他非常了解那些細節。而刪掉的那些東西，都是海面下的寒冰。

「崩潰」事件

　　《夜未央》於 1934 年推出後銷路非常差──這多少與當時正值美國經濟大蕭條時期有關，費茲傑羅的財務實在已經到了山窮水盡之境（其實他在 1935 年賺了一萬五千八百多元，與別人相較已算不錯，但他的債務實在太多），他屢屢向編輯與朋友借貸，也希望《老爺》雜誌能預付他一些稿費，最後在該雜誌編輯阿諾・金瑞奇（Arnold Gingrich）的勸說下，他寫出一系列散文來陳述自己當時的心境，那三篇文章就是 1936 年 2 至 4 月，分三次連續刊登於《老爺》雜誌的「崩潰」系列，包括〈崩潰〉（"The Crack-Up"）、〈拼接碎片〉（"Pasting It Together"）以及〈小心輕放〉（"Handle with Care"）。在〈崩潰〉一文裡，他說人生是由一連串的身心崩潰構成，一方面自知絕望，另一方面卻想全力付出，他本以為可以撐到四十九歲，哪知道提前十年就潰敗（當然，他也不知道自己只能活到四十四歲），他憤怒痛哭，感嘆自己沒有成就，自尊自信一概掃地。透過〈拼接碎片〉，他把自己比喻成一個摔碎後又拼接起來的盤子，只能拿來擺幾片餅乾或殘羹剩飯，在夜裡擺進冰箱，同時他還細數自己過去的不

幸遭遇（大學時代因為被診斷出瘧疾而被迫休學，丟了幾個重要職務，後來被愛人拋棄，十幾年來始終仇富，但卻又要拚命賺錢……），他覺得失去了自我。非常諷刺的是，在這一系列文章刊登前，費茲傑羅本來遇到寫作瓶頸，自覺文思枯竭，但沒想到在〈拼接碎片〉卻能把自己比擬成一個摔碎的盤子，看來他的文字又恢復過往的活力了。

到了第三篇〈小心輕放〉更慘了：他說他自己「漸漸對悲傷培養出一種悲傷的態度，對憂鬱培養出一種憂鬱的態度，對悲劇培養出一種悲劇的態度」，他放棄過去的文學理念與各種理想，最後甚至把自己比喻成一隻「乖馴的動物」，若有人丟一根肉還頗多的骨頭給他，他也許還會舔舔那人的手。其實在文學史上，這種「自白式的」（confessionistic）剖析散文還挺多的，從聖奧古斯丁（St. Augustine）到盧梭（Jean-Jacques Rousseau），還有十九世紀末的喬治・摩爾（George Moore）都是箇中好手，美國到 1960 年代後也出現了許多進行類似自我探索的文學作品──只能說費茲傑羅太前衛。這三篇文章出版後，有出版社希望費茲傑羅能出自傳式的作品，但他的編輯柏金斯反對，勸他打消念頭，希望他能以後再自己寫回憶錄。（柏金斯終究認為那三篇文章實在太丟臉，費茲傑羅死後，他也不願幫忙出版。）此外，

文學界對這三篇文章也惡評如潮，特別是他的朋友們。（但艾德蒙·威爾遜在費茲傑羅死後卻對那些作品改觀，因此在 1945 年幫他編輯出版了一些散文，包括那三篇「崩潰文」，書名就叫《崩潰》。）

約翰·多斯·帕索斯寫信跟他說：天啊，你生活過得一團糟，怎麼還有時間去寫那種東西？如果你不想認真創作，怎麼不去當記者？你想要發瘋崩潰也無妨，但應該把那種經歷寫成小說，而不是拿給金瑞奇刊登。這還算是客氣的——海明威除了寫信跟柏金斯抱怨，說費茲傑羅「空有天縱英才，重點是應該好好發揮，而非對大家哀訴悲戚」，說他是作家裡面最沒種的，而且其實早在文章刊登前，他就已經受不了費茲傑羅的信裡總是充滿抱怨，因此在 1935 年 12 月的一封回信裡提議，乾脆由他找人在古巴把費茲傑羅幹掉，這樣多少也能幫賽妲與史考姐母女倆留一點保險金（可悲的是，他連人壽保險的給付金都已經有一部分設定好要用來償還積欠經紀人與出版社的債務），再由他寫一篇精彩的訃聞，刊登在《新共和》（*New Republic*）雜誌上。最狠的是，海明威的短篇故事幾個月後（1936 年 8 月）也被刊登在《老爺》雜誌上，就是後來被改拍成電影《雪山盟》的〈吉力馬札羅火山之雪〉，在主角臨死前有這樣一段回憶：

有錢人很無趣，而且他們會酗酒，或者他們花太多時間玩雙陸棋了。他們無趣，他們會做重複的事。他想起了可憐的史考特・費茲傑羅，還有他對於有錢人的浪漫敬意，以及他曾經寫過這樣一個故事，開頭是：「很有錢的人跟你我是不一樣的。」還有某人曾跟史考特說，是不一樣，他們的錢比較多。但史考特覺得那種說法並不好笑。他認為他們是一種特別有魅力的人種，當他發現他們其實不是的時候，他覺得很受傷，就像很多其他的事也讓他很受傷一樣。

　　海明威用這種方式來揶揄費茲傑羅的短篇故事〈富家子〉（"The Rich Boy"），顯然是因為他認為費茲傑羅的身心崩潰主要導因於他崇拜有錢人，對有錢人懷抱著過於浪漫的敬意，因此才造成自身的窘境；相反的，如前所述，〈吉力馬札羅火山之雪〉卻是一篇痛批有錢人的作品。當然，後來柏金斯勸海明威在出書時把費茲傑羅的名字換成了「朱利安」（Julian）。費茲傑羅也寫了一封信去跟海明威抗議，要海明威把名字拿掉，並且跟老友說，即便他寫出悲嘆自己的作品，也不是希望朋友們「對著他的屍體大聲祈禱」，他說他知道海明威並無惡意，而且那也是

海明威最好的作品之一，但他卻為此失眠了。看來，在「崩潰」事件以後，費茲傑羅與海明威之間的友誼不但已經消耗殆盡，費茲傑羅在美國社會大眾心目中的「過氣作家」形象恐怕也有了定論。

但是，費茲傑羅並未因此一厥不振。當《老爺》雜誌刊出第一篇散文〈崩潰〉之後，他曾寫信給作家朱利安·史崔特（Julian Leonard Street），表示他剛寫完了「憂鬱三部曲」的第三篇文章，並且認為，「情況好像稍稍樂觀了一點，或至少那種強烈的絕望感已漸漸消退，我可以看得出來，寫那三篇東西對我產生一種洗滌靈魂（catharsis）的作用……。」他甚至認為那些作品的精神與過去大詩人雪萊（Shelley）、魏爾倫（Verlaine）與大小說家史蒂芬·克萊恩（Stephen Crane）所寫的哀嘆之作，在精神上是一脈相承的。費茲傑羅所言不虛，他的確振作了起來——「崩潰事件」隔年，他便獲聘成為派拉蒙的作家，並開始著手撰寫《最後的大亨》，於 1939 年 5 月寫信給《科利爾》週刊披露小說的情節大綱，希望能先獲得連載小說的預付稿費，可惜《科利爾》並未接受此提議。就此而論，我們實在不應把他的〈崩潰〉等三篇作品視為單純的自怨自艾與抱怨哀嘆之作——就像也曾在 1929 年染上酗酒惡習，甚至精神崩潰的艾德蒙·威爾遜所說，其實那

些作品裡可以看出費茲傑羅的「真摯誠懇」，只可惜當時沒人能夠理解他。

關於短篇小說

　　在回憶錄《流動的饗宴》裡，海明威透露了這麼一個故事。當時，他還沒出版《太陽依舊升起》，某日，他們在巴黎的丁香園咖啡館聊天，他雖肯定費茲傑羅先前在《星期六晚間郵刊》發表的短篇小說寫得好，但費茲傑羅的做法卻讓他無法苟同。原來，費茲傑羅總會為了確保投稿後能被雜誌錄用而修改故事——他先寫出自認好的故事，然後再進行修改。海明威說，這不就像在賣淫（whoring）嗎？費茲傑羅也不否認，但他說，投稿給雜誌是為了養家餬口，手頭寬裕才有辦法寫出有深度的作品，海明威的看法則是，這種不正當的手法遲早會摧毀他的才華。不過，海明威也說當時他知道自己的論點沒什麼說服力，畢竟他還不是成名作家，連一本代表作也沒有，但費茲傑羅卻已經有了三本。無論如何，從數字看來，海明威難保不會偶爾也有「賣淫」之舉，畢竟他一生也寫過約莫七十篇短篇小說，而且他也不是沒為了錢而出賣自己的紀錄（他曾坦承《有錢人和沒錢人》是他純粹為了

掙錢而寫的爛小說）；而費茲傑羅「賣淫」的次數恐怕就更多，因為他長期替《老爺》、《星期六晚間郵刊》與《時髦人士》（The Smart Set）等幾家雜誌社撰寫短篇故事，數量多達一百八十一篇。

　　話說回來，海明威說費茲傑羅為了稿酬，刻意修改了短篇小說是一回事，但實際上，短篇小說在文學史上的藝術價值的確也長期受到質疑。翻開美國的文學史，十九世紀的諸多小說大師裡，似乎唯有愛倫坡（Edgar Allan Poe）與歐亨利（O. Henry）是以短篇小說見長，其餘如馬克‧吐溫（Mark Twain）與亨利‧詹姆斯（Henry James）等人都是長、短篇小說兼修，到了二十世紀初現代主義階段，史蒂芬‧克萊恩、費茲傑羅、海明威與福克納也都是如此———一直到深受海明威影響的短篇小說家瑞蒙‧卡佛（Raymond Carver）於 1980 年代崛起，才帶動了短篇小說風潮。另一個指標是歷史悠久的普立茲獎（Pulitzer Prize）：普立茲獎是於 1917 年根據美國報業巨頭約瑟夫‧普立茲（Joseph Pulitzer）的遺願而設立的獎項，分為新聞與文學創作兩類。文學獎中的小說獎，從一開始就被命名為長篇小說獎（Pulitzer Prize for the Novel），接下來三十年間完全將短篇小說排除在外，直到 1948 年易名為「小說獎」（Pulitzer Prize for Fiction），才打破了對短篇小說的禁制，但一樣要到十八年後，才在 1966 年由凱薩琳‧

安‧波特（Katherine Anne Porter）首度以《凱薩琳‧安‧波特故事集》（*The Collected Stories of Katherine Anne Porter*）獲獎，當時她已經是七十六歲的老作家了。

該喝酒嗎？

海明威的孫子愛德華（Edward Hemingway，三子葛雷哥萊的小兒子）是個插畫家，他曾經與知名電視編劇馬克‧貝利（Mark Bailey）數度合作，其中一本書叫做《我不是在寫作，就是在往酒館的路上》（*Hemingway & Bailey's Bartending Guide to Great American Writers*），其內容介紹許多美國作家，如楚門‧卡波提（Truman Capote）、瑞蒙‧卡佛、約翰‧區佛（John Cheever）、福克納、愛倫坡，當然還有海明威與費茲傑羅最愛的雞尾酒，以及酒與他們的文學創作之關係。許多作家都是酒鬼，這可是文壇的公開祕密，海明威與費茲傑羅就是，此外如瑞蒙‧卡佛與約翰‧區佛這一對酒友，甚至在 1973 年秋天到愛荷華大學的寫作學程教書時也曾嗜酒無度。卡佛在接受訪問時坦承：他們除了教書，就是泡在校園裡的旅館喝酒，一個禮拜去賣酒的店鋪補貨兩次，兩人連打字機的防塵套都沒拿下來過。海

明威最愛的古巴雞尾酒莫希多（Mojito，白蘭姆酒加檸檬汁與薄荷），更因他而走紅全世界。而費茲傑羅最愛的是琴力奇（Gin Rickey，琴酒加蘭姆）——據他所述，他喜歡這種酒喝起來讓人感覺不到什麼酒味。不過，因為他跟賽妲的酒量差、酒品爛，就算沒有酒味，旁人也全都知道他喝了酒。對於喝酒一事，費茲傑羅曾留下這樣一句名言：「先喝一杯，一杯又一杯，喝到無法自已。（First you take a drink, then the drink takes a drink, then the drink takes you.）」他與酒之間的愛恨情仇，實非三言兩語可以道盡。

1922 年 3 月，《聖保羅日報》（*St. Paul Daily News*）登出費茲傑羅的專訪稿，記者提及美國小說家哈特（Bret Harte）某次到加州去拜訪馬克·吐溫，哈特說自己需要交出一篇故事，馬克·吐溫遂提議哈特借用他的書房，但哈特說不急，於是兩人聊了整個下午，晚餐過後又繼續聊到一點，主人說自己要去睡了，哈特才開始到書房工作——且還帶著一夸脫威士忌。八個小時後，哈特下樓吃早餐，而一則六千字的故事也寫好了。費茲傑羅說，他能想像有作家用咖啡提神，但用威士忌，實在有點不可思議，但記者反問他：

「《塵世樂園》看起來不像配著咖啡寫出來的。」

「不是。你一定會笑我，我是邊喝可口可樂邊寫的。可口可樂會冒泡泡，嘶嘶作響，讓我保持清醒。」

十三年後，費茲傑羅不再年輕，已成酒鬼，他寫信給編輯柏金斯說自己發現，寫小說時需要組織能力，修改小說需要最佳的感知力與判斷力，兩者都與烈酒不搭。他說，寫短篇小說，喝酒還可以（或許海明威批評他的短篇故事也還不算冤枉他），但寫長篇小說就得保持迅捷的思考力，把整個小說結構記在腦海，像海明威寫《戰地春夢》時一樣，絕不會拉里拉雜的。因此，他非常後悔自己在寫《夜未央》第三卷時，必須仰賴「刺激物」（當然就是酒）才能撐下去。他說，如果他能夠重頭來過，寫出來的東西絕對大不相同，不會有海明威說的那些非必要段落出現。

海明威的故鄉橡樹園是個人們謹守清教徒規範的伊利諾州城鎮，對於喝酒、抽菸有非常嚴格的戒律。或許受此影響，海明威雖早年離家，但據其回憶錄《流動的饗宴》所載，他「把自己訓練成晚餐後，寫作前，還有寫作的時候都不喝酒」。他在丁香園咖啡館寫小說時，向來都是點一杯熱奶油咖啡，邊喝邊寫。但或許因為禁酒年代期間，美國社會大眾對於巴黎那些美國作家的刻

板印象就是認為他們全都是酒鬼，海明威曾於 1927 年特別寫信向母親葛莉絲解釋，說他不是個酒鬼，更沒有嗜酒成性，他說自己只是在小說裡描寫酒鬼，自然而然也就被誤傳為酒鬼了——他還跟母親說：也許妳不喜歡我寫的東西，但一定要相信那些東西都是真誠的。

顯然，嚴以律己的海明威把工作（寫作）與生活分得非常清楚，工作時絕對滴酒不沾，但或許越到晚期，工作與生活的界線越模糊，工作時間漸短，喝酒的時間漸長，他才真的變成一個酒鬼，把自己的身體搞爛了。然而，從早年一些信件內容看來，喝酒對他來講是一種工作後調劑身心的手段，例如他曾在 1935 年寫信給蘇聯的文評家伊凡．卡胥金（Ivan Kashkin），詢問對方是否不喜歡喝酒。他說，他注意到卡胥金好像認定杯中物並非好東西，但他說自己從十五歲便開始飲酒，酒是他最愛的少數幾樣東西之一。而且他說，經過一天的努力工作，又知道自己隔天也得繼續工作，有什麼比威士忌更能幫助他擺脫與工作有關的思緒呢？但是，他在同一年出版的非小說作品《非洲的青山》裡也批評那些會聚在一塊兒喝酒聊天的紐約作家們。他說，作家應該獨自工作，工作結束後才聚會，但也不能太常聚會，否則就像那些紐約作家，變成「酒瓶裡的蚯蚓」，試著藉聚會與喝酒來增長見

識，滋養靈感——不過，一旦鑽進酒瓶裡，他們就離不開酒瓶了，因為他們會感到寂寞。

書單

在《非洲的青山》裡，有一句海明威用來恭維馬克·吐溫的名言：「所有的現代美國文學都源自於馬克·吐溫的《哈克歷險記》（*Adventures of Huckleberry Finn*）。」海明威對馬克·吐溫的推崇不難理解，除了他在南北戰爭之前，年約二十幾歲時曾當過水手（密西西比河上輪船的領航員），另外就是他也在南北戰爭期間成為一名記者，後來才成為家喻戶曉的小說家。當然，除了馬克·吐溫，另一個讓海明威推崇備至的十九世紀小說家，當屬史蒂芬·克萊恩。1942 年，海明威幫紐約的皇冠出版社（Crown Publishers）主編了一本戰爭小說集，書名是《戰爭中的人：史上最佳的戰爭故事集》（*Men at War: The Best War Stories of All Time*），選集篇幅長達千餘頁，故事多達八十二篇，能被選入的作家都赫赫有名，像俄國大文豪托爾斯泰（Leo Tolstoy），曾獲諾貝爾獎的英國首相邱吉爾（Winston Churchill），還有福克納，書中盡是一時之選。在這一千多頁的故事裡，史帝芬·克萊恩的

現代主義經典《紅色英勇勳章》（*The Red Badge of Courage*）被完整地收錄進去，篇幅大約佔十分之一，可見在這幾十個作家裡，克萊恩的確是備受重視的一位。此外，克萊恩雖非該次大戰的老兵（戰爭結束六年後，他才於 1871 年誕生），卻能把《紅色英勇勳章》裡的南北戰爭場景描寫得驚心動魄，顯現他在戰爭敘述方面的才能，而且因為他也是名記者，後來曾多次親赴第一次希土戰爭（爆發於 1897 年，海明威採訪的是 1919 至 1922 年間的第二次希土戰爭）與美西戰爭的現場採訪，留下許多紀實作品。

　　至於費茲傑羅，對他影響較為深刻的似乎多是英國小說家，而且首推僅僅大他十二歲，一樣曾在 1930 年代受聘於米高梅公司的休‧沃波爾（Hugh Walpole）──不過沃波爾恐怕是個「負面教材」。他說，當時沃波爾是個暢銷小說家，某次他從紐約搭火車前往華盛頓（他父親住在華盛頓）。旅途中，他拿起一本沃波爾的作品來看，讀了一百頁就想：「如果這傢伙能當作家，我也可以。」因為那本書實在是爛透了（as bad as possible），於是，後來他便開始寫作第一本小說《塵世樂園》。另一個讓費茲傑羅推崇備至的作家是曾寫下《浮華世界》（*Vanity Fair*）等代表作的維多利亞時期英國小說大家薩克萊（William Makepeace Thackeray），他說他十六歲起便熟讀薩克萊的作品。他也曾對海

明威的小說大加讚賞，說他先是因為康拉德而情不自禁地對海洋產生了興趣，《我們的時代》則是讓他「屏息閱讀，不能自已」；至於在法國文學方面，費茲傑羅自承他讀得不多，但他認為左拉（Emile Zola）的小說價值會隨時間而消退，但福婁拜（Gustave Flaubert）的《包法利夫人》（*Madame Bovary*）將是永恆的傳世經典。就康拉德的作品而言，除了《水仙號上的黑鬼》對他啟發良多，他也提到恨不得自己是康拉德那一本《諾斯卓姆號》（*Nostromo*）的作者——因為那是繼《浮華世界》與《包法利夫人》後的另一本絕世佳作。

另外一件趣事是，費茲傑羅對女兒史考娣，海明威對於兒子葛雷哥萊其實都曾經提出一些關於寫作的諄諄告誡，也曾列出他們認為應該閱讀的經典小說。（詳見右表）

海明威是在與葛雷哥萊閒談時隨口開出他的書單，令人訝異的是，儘管他的法文能力優異，提到的法國文學卻只有莫泊桑（Guy de Maupassant）的短篇小說，但事實上，他在接受《巴黎評論》專訪時所開的書單就比較有系統，裡面提及了許多法國小說，甚至還有波特萊爾（Charles Baudelaire）的詩作《惡之華》（*Les fleurs du Mal*），且同時提及了福婁拜的《包法利夫人》。杜斯妥也夫斯基（Fyodor Dostoevsky）再次出現

費茲傑羅	海明威
巴爾扎克 《高老頭》 （ *Le Père Goriot* ）	費茲傑羅 《大亨小傳》 （ *The Great Gatsby* ） 《夜未央》 （ *Tender is the Night* ）
杜斯妥也夫斯基 《罪與罰》 （ *Crime and Punishment* ） 《卡拉馬助夫兄弟們》 （ *The Brothers Karamazov* ）	諾曼·梅勒 《裸者與死者》 （ *The Naked and the Dead* ）
易卜生 《玩偶之家》 （ *A Doll's House* ）	馬克·吐溫 《哈克歷險記》 （ *Adventures of Huckleberry Finn* ）
狄更斯 《荒涼之屋》 （ *Bleak House* ）	喬伊斯 《一個青年藝術家的畫像》 （ *A Portrait of the Artist as a Young Man* ）
薩謬爾·巴特勒 《肉身之道》 （ *The Way of All Flesh* ）	杜斯妥也夫斯基 《罪與罰》 （ *Crime and Punishment* ）
D. H. 勞倫斯 《兒子與情人》 （ *Sons and Lovers* ）	莫泊桑的短篇小説
	契柯夫的短篇小説

在他的《巴黎評論》書單上，作品是費茲傑羅也提到的《卡拉馬助夫兄弟們》——就此看來，福婁拜與杜斯妥也夫斯基雖為十九世紀法俄兩國的小說大師，但卻為二十世紀的現代主義注入了許多靈感。費茲傑羅的閱讀品味偏向英國小說，特別是維多利亞時期作品，狄更斯與薩謬爾‧巴特勒（Samuel Butler）都是英國寫實主義的代表人物，至於海明威，或許他非常重視自己在巴黎那幾年所受到的影響，特別推薦了愛爾蘭小說家喬伊斯（James Joyce）的《一個青年藝術家的畫像》。事實上，他與喬伊斯曾私交甚篤，喬伊斯的代表作《尤利西斯》（*Ulysses*）由莎士比亞書店老闆雪薇兒‧畢奇（Sylvia Beach）出版後被美國列為禁書，禁止出版與進口，但海明威的人脈廣，找上他在芝加哥認識的記者朋友巴尼‧布瑞佛曼（Barney Braverman ——他的確挺勇敢的），先把四十本《尤利西斯》寄到加拿大境內給他，再用渡輪走私進入美國，手法與當年把酒走私到美國境內一樣。

海明威把這份書單口述給葛雷哥萊時，費茲傑羅已經去世超過十年了。從他們談話的內容看來，海明威對於老友其實充滿思念，因為他一開口就推薦了費茲傑羅的《大亨小傳》與《夜未央》，雖然他還是說後者有些地方有問題。至於《塵世

樂園》，在海明威看來可以說是開玩笑之作，而《美麗與毀滅》一書則是「一點也不美麗，只有毀滅」。海明威對小兒子說自己在五年內又把費茲傑羅的《大亨小傳》讀了兩遍，越讀覺得越好，而且發現，雖然費茲傑羅喜歡喝酒，但晚年寫的東西卻漸入佳境，這一點恐怕連他自己也沒發現，尤其那一本《最後的大亨》更是他最棒的作品，還說他是個可憐的傢伙。他倆在巴黎初次見面後，友誼隨著兩人寫作生涯的一上一下而逐漸褪色，人生的交集越來越少，甚至到最後，兩人幾乎已不再通信。有誰知道，在費茲傑羅去世多年後，海明威會在小兒子面前說出這麼懇切而直率的評語？下一章將仔細揭露他倆從 1925 年 4 月底開始的許多人生交集，透過《流動的饗宴》，還有兩人之間以及他們與共同編輯柏金斯間的信件往返，來進一步呈現這段特殊文學情誼的忠實面貌。

1. 費氏所就讀高中，位於聖保羅市的聖保羅學院（The St. Paul Academy）的校刊。
2. 費氏所就讀預校（prep school），位於紐澤西的紐曼學校（The Newman School）的校刊。
3. 費氏所就讀大學，位於紐澤西的普林斯頓大學之校刊。

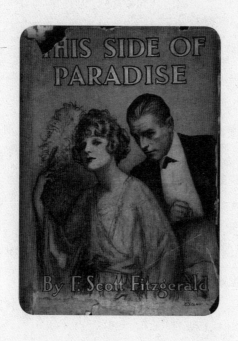

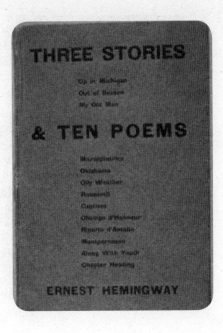

左 費茲傑羅的第一本長篇小說《塵世樂園》於
1920 年出版後立刻變成暢銷書，故事以他自己
的成長經歷與大學時代生活為藍本，對於第一
次世界大戰後的美國社會提出了許多發人深省
的觀察，因此普獲讀者共鳴。

右 海明威的第一本著作《三個故事與十首詩》，
由他巴黎時代的詩人朋友勞勃‧麥克阿蒙幫忙
出版。

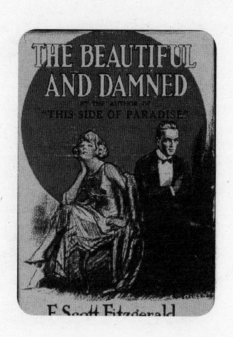

左　費茲傑羅的第二本長篇小說《美麗與毀滅》，
故事裡男女主角是一對打打鬧鬧的歡喜冤家，
多少反映出他與賽妲早年的婚姻生活。

右　《爵士年代的故事》是費茲傑羅第二本短篇小
說集。

海明威於 1924 年在巴黎拍的照片，已經開始留
起了鬍子。那一年他辭去記者工作，正式成為
全職作家。

右 1935 年海明威與他在巴哈馬群島釣到的巨大馬
林魚合影。他身邊的釣友是巴黎時代就認識的
畫家朋友亨利·史崔特。

第六章
費茲傑羅與海明威的危險友誼

FRANCIS SCOTT KEY
FITZGERALD
SEPTEMBER 24, 1896
DECEMBER 21, 1940
HIS WIFE
ZELDA SAYRE
JULY 24, 1900
MARCH 10, 1948

E BEAT ON, BOATS AGAI
URRENT, BORNE BA
ESSLY INTO THE P
The Grea

走在鋼索上的友誼

本書第一章曾提及，海明威透過費茲傑羅的介紹認識了編輯柏金斯，並且進而與史氏出版社建立起長期合作的關係。事實上，費茲傑羅成為該出版社的暢銷作家後，也曾提攜湯瑪斯‧博伊德（Thomas Boyd，小他兩歲，《聖保羅日報》的記者）、艾斯金‧考德威爾（Erskine Caldwell，小他七歲）、林‧拉德納（Ring Lardner，大他十一歲）等作家，但何以只有海明威與他一見如故？我想，最主要的原因是兩人相知相惜。賽妲精神崩潰前，費茲傑羅夫婦倆曾長期僑居歐洲，過著紙醉金迷的生活，然而其實他們與那些住在巴黎的「失落一代」作家們並沒有太多互動──唯獨海明威例外，費茲傑羅甚至曾在信裡提及，海明威是他第一個想見、也是離開前必須好好見上一面的人。至於海明威，雖然到了 1930 年代後期，曾在信件裡痛斥過費茲傑羅，也曾在自己的作品裡調侃他，但至少到了 1935 年 12 月 16 日，海明威還曾自基威斯特島發了一封信給他，信裡提及自己非常想念與對方相處的時光，還說前一年 9 月本來計畫要到北卡艾許維爾（Ashville）拜訪對方，可惜當時南北卡兩州都在流行小兒麻痺，他又帶著約翰與派崔克，以致無法成行。

費茲傑羅在 1940 年曾將自己與海明威從 1925 至 1937 年間見面的情況列出來。眾所皆知，據《流動的饗宴》一書披露，他們倆初次見面是在巴黎的酒吧，最後一次見面是海明威參與製作的西班牙內戰紀錄片《西班牙大地》（製作費一萬八千元美金，其中有五千元是海明威自掏腰包）於好萊塢舉辦的首映典禮——海明威與瑪莎夫妻倆先在 7 月 8 日於白宮播放電影給小羅斯福總統觀看（行程由瑪莎安排，因為她是羅斯福夫人的密友），幾日後又飛往好萊塢，讓影壇大亨與巨星們有機會看看他們拍的作品。當時人在好萊塢的費茲傑羅也去了，並且一起參加了放映會後的派對，海明威離開後，他還發一封電報表示：「電影還有你的表現都令人讚不絕口。」——這顯然是恭維之詞，許多影評都認為他們把紀錄片拍得像是政治宣傳片，影片的觀點並不公允，荷蘭籍導演尤里斯·伊文思（Joris Ivens）後來也承認，「在面對生死抉擇、面對民主與法西斯的抉擇時，藝術家本來就無法保持客觀」。雖然海明威曾於 1926 年帶著海德莉一起去蔚藍海岸度假，費茲傑羅還把自己租的別墅讓給他們，並且在那一次假期期間幫海明威閱讀《太陽依舊升起》的打字稿，提供建議，到 1928 年，海明威的老婆已經換成了寶琳，費茲傑羅還帶著他們一起去普林斯頓大學欣賞普大與耶魯的美式足球賽；賽後，海

明威夫婦也曾造訪費茲傑羅租來的德拉瓦州豪宅，艾勒斯利莊園（The Ellerslie mansion，宅邸內有三十個房間，是費茲傑羅一家三口在 1927 至 1929 年間的住所）住一晚，但從 1929 至 1940 年這十一年間，令費茲傑羅悲嘆的是，他們倆只見過四次面，他說兩人「1926 年後就不再是朋友了」。所以，到底哪裡出了錯？

　　費茲傑羅曾在筆記本中寫下這麼一段耐人尋味的話：「我真的愛他〔海明威〕，但這跟任何戀情一樣，終於破敗不堪。都是被那些玻璃給毀掉的（the fairies have spoiled all that）。」此事的背景是，費、海兩人的友誼的確相當特別：讀過《流動的饗宴》的人都知道，費茲傑羅初識海明威當晚，一開始便問海明威婚前是否曾跟他老婆同床，當然他已喝醉，這純屬玩笑話；後來，到了〈大小的問題〉（"A Matter of Measurements"）這一章，在巴黎米肖餐廳（Michaud's）用餐時，費茲傑羅沮喪地跟海明威說賽姐嫌他「太小」，為此兩人還鄭重其事地到餐廳廁所裡去確認，海明威說他的尺寸正常得很，說他從上面往下看，當然覺得自己小，離開餐廳後，他還特別帶費茲傑羅到羅浮宮去看那些裸體雕像，藉此向他證明他的生理結構與正常人一樣。此外，在他倆的談話紀錄與信件裡偶爾也會出現一些關於同性戀的笑話，例如在一張送給費茲傑羅的照片上，海明威曾寫道：「送給史考特，他的老床伴理查・哈利伯頓（Richard Halliburton）。」——探險

家兼旅遊作家理查‧哈利伯頓不但是費茲傑羅的普林斯頓同學，也是知名的同性戀者。正因如此，不管是曾經幫海明威出版《三個故事與十首詩》的勞勃‧麥克阿蒙（當年被人稱為美男子的他也是個知名的雙性戀），或者賽姐自己都曾宣稱費茲傑羅與海明威兩人是同性戀，前者是因為忌妒兩人的成就，後者或許是因為忌妒他們的友誼。據說，後來麥克阿蒙曾被海明威在巴黎的酒館外面堵到，遭海明威痛擊倒地。總之，費茲傑羅認為毀掉這段友誼的，就是這一則同性戀流言。但如果他真的這麼認為，那就是把兩人關係看得太簡單了，事實遠比他所認定的更加複雜：賽姐與海明威的不合，以及費茲傑羅自己的酗酒問題，再加上兩個小說家之間的競爭關係，或許也都是真正的原因之一。相較之下，我認為同性戀的問題只是八卦一則罷了。

「假貨」與「老鷹」

《太陽依舊升起》出版後，據說美國中西部掀起了一小波海明威風潮，青年男女紛紛開始模仿男女主角談話與生活的方式，等到海明威與海德莉離婚時，從底特律到芝加哥等中西部大城，各報競相將海明威的私事當成大新聞報導。據傳，當時只有兩

個人最討厭他的小說，一個是海明威的老媽，她說那是「那一年最骯髒的書之一」，賽姐則是以極度不屑的口吻評論那本小說，說裡頭寫的無非就是一些「鬥牛殺牛的狗屁事（Bullfighting, bullslinging and bullshitting.）」。她與海明威之間互看不順眼，彼此懷抱著一股根深蒂固的怨念。她丈夫說海明威有真材實料，她卻偏偏說海明威是個「假貨」（phony），說他是「有胸毛的死娘娘腔」，還說他的陽剛氣息全都是裝出來的。就此看來，說她出言毀謗海明威，把他跟自己的丈夫視為同性戀愛人，其實並不令人意外——想必當年費海兩人關係匪淺，多少也冷落了賽姐。

想了解海明威對賽姐的看法，也不必特地將《流動的饗宴》的十八、十九章翻出來閱讀，只消看看名導伍迪·艾倫（Woody Allen）於 2011 年推出的穿越劇名片《午夜·巴黎》（*Midnight in Paris*）。電影故事中，一位現代的小說家於某晚穿越時空，回到1920 年代的巴黎，邂逅了費茲傑羅夫婦與海明威，海明威與賽姐在波麗朵餐廳（Polidor）餐廳裡唇槍舌戰，費茲傑羅左右為難，最後賽姐憤而偕另一個西班牙人離開，前往別處尋歡。電影裡特別提到賽姐也寫小說，因此身為小說家，她與丈夫之間其實存在著一種競爭關係，因此她不是每晚帶著費茲傑羅到處參加派對，

就是在勾引別的男人，藉此讓他心神不寧。所以，海明威在《流動的饗宴》裡說賽妲就像「老鷹」（hawk）一樣，她那一雙眼睛像鷹眼般銳利而冷靜，而老鷹是不會與人分享的（"Hawks do not share"）——簡單來講，就是她的忌妒心與瘋狂行徑毀了好友費茲傑羅。

即便在賽妲發瘋、費茲傑羅也死去以後，海明威對這段往事仍舊無法釋懷。與寶琳離婚後，他雖靠著《戰地鐘聲》海撈一筆，但他必須繳的所得稅高達十萬三千元美金（換算成今日的幣值，等於一百三十四萬美金），除了必須跟人借一萬兩千元來繳稅，甚至還寫信要柏金斯預付版稅給他。造成他如此缺錢的原因之一就是寶琳在離婚後索求每月五百美金的贍養費（派崔克與葛雷哥萊的生活費）——令他感到憤怒的是，她根本不需要那些錢，但卻硬要他給，其行徑簡直就像個瘋女人。在 1943 年寫給柏金斯的信裡，他表示：

> 一個女人毀了史考特。史考特不只是被自己給毀掉
> 的。他為什麼不能叫她自己去死就好？因為她生病了。
> 因為女人有病，她們的行徑才會常常失控，因為她們有
> 病，害你不能用正確的方式去對待她們。健康是上天對

男人的第一個恩賜，第二個恩賜也許比第一個更棒，就
是讓他愛上健康的女人。跟健康的女人在一起，你可以
隨時換另一個健康女人。如果一開始跟有病的女人在一
起，看看你會有什麼下場。

他說寶琳的行徑異常又邪惡，他必須用好幾年的時間來承受
她所造成的損害。其實不光是寶琳，海明威後來與瑪莎之間的關
係惡化，彼此惡言相向，藉此看來也是有跡可循的。對海明威的
大英雄角色感到厭惡的絕對不只賽妲一人，當然也包括他的前妻
們——任勞任怨的海德莉除外。

小說家相輕？

《午夜‧巴黎》裡有一個發人深省的橋段，片中，海明威對
電影主角小說家吉爾‧潘德（Gil Pender）說，可以幫吉爾拿小
說給葛楚‧史坦因（Gertrude Stein）看看，他自己就免了。理由
是，如果他看到吉爾的作品寫得比他自己的小說好，他會討厭吉
爾的作品，如果寫得太爛，他也會討厭。這說明海明威的確認為
小說家之間總是保持著一種彼此競爭的關係：連他與費茲傑羅也

不例外。在《流動的饗宴》裡，海明威並不承認費茲傑羅對於《太陽依舊升起》的建議影響了他，但事實上，從費茲傑羅寫給他的十頁長信中，我們可以看出費茲傑羅以前輩小說家的觀點，提供了海明威不少極好的建議，最重要的就是把前面許多關於小說女主角布蕾特·艾許力女士的冗長細節刪掉，因為海明威花了一整章的篇幅介紹她的過去，還有她與未婚夫麥克·坎貝之間的一段情，至於第二章前面傑克·巴恩斯的自我介紹與他的朋友們的一些事情，也在費茲傑羅的建議下簡化了。不過，費茲傑羅說，看完手稿前兩章之後，他就決定專心閱讀，不再挑剔問題了，因為內容實在太過刺激，有如「一劑猛藥（a heavy dose）」，海明威寫得「真他媽的好（The novel's damn good.）」。

後來，儘管受到稱讚，但海明威也許已經對費茲傑羅的建議與批評感到不滿，《戰地春夢》一直要到開始在雜誌上連載後，海明威才在 1929 年 6 月將稿子拿給對方看。費茲傑羅一樣也把許多具體建議寫成了長達九頁的筆記，海明威雖然在筆記上寫了「去死吧（Kiss my ass）」三個字，但在修訂《戰地春夢》並將它出版成書的過程之中，他的確也採納了對方的某些建議。到了 1940 年 10 月，《戰地鐘聲》出版，海明威才寄了一本親筆簽名的書給費茲傑羅，既然海明威並未讓他有機會先看過草稿，費茲

傑羅在回信裡也沒多說些什麼，只是表示小說寫得很好，任何人來寫都不會寫得比海明威好，而且他很羨慕海明威能做自己想做的事——但事實上，費茲傑羅在筆記本裡可不是這樣寫的：他說，與緊張、新鮮而富有詩意的《戰地春夢》相較，《戰地鐘聲》實在是太膚淺了，他認為該書應該能夠取悅一般讀者，但並非海明威的最佳作品。費茲傑羅果真料事如神，《戰地鐘聲》在出版後橫掃美國書市，一掃海明威前幾本作品，包括《午後之死》、《非洲的青山》與《有錢人和沒錢人》等既不叫好、也不叫座的慘況，讓他重回暢銷作家之列。可惜，在這本書出版兩個月後，費茲傑羅便因心臟病辭世，無法看到《戰地鐘聲》被拍成電影，世上也少了一個如此了解海明威的人。

前一章曾提到，在跟小兒子葛雷哥萊的對話中，海明威說他認為費茲傑羅的小說越寫越好，尤其《最後的大亨》更是他最棒的一部作品。但是當《最後的大亨》於 1941 年出版時，他在該年 11 月 15 日寫給柏金斯的信裡可不是這麼說的：「那就像一塊上面已經發霉的培根。你可以把霉刮掉，但如果霉已經長進肉裡面，無論如何，它的味道還是像一塊發霉的培根。」他說費茲傑羅當時已經像是個手臂廢掉的老投手，只能憑靠智慧在被擊倒前多撐個幾局。顯然，海明威對費茲傑羅的評價都是遵循此一模式：

在出版當下，他不會給予公允的評論，往往要在多年後才能真正欣賞費茲傑羅的作品，其中最典型的例子就是《夜未央》。他在1934 年 5 月寫信給費茲傑羅，說那本小說裡有他喜歡、也有不喜歡的地方，特別是他認為費茲傑羅不該以他們的友人傑拉德‧墨菲與莎拉‧墨菲夫婦（Gerald and Sara Murphy）來塑造小說的男女主角迪克與妮可夫婦，接下來卻不忠於真實人物，開始拿他們來「胡搞瞎搞」，海明威說他如此任意採用人物的過去與未來，偽造出幾可亂真的個案歷史，實在「可惡透頂」。但是如此亂罵一通後，一年過去，他又改變了想法，於是寫信跟柏金斯說，每次回味起來，都覺得《夜未央》越來越好，到了1939 年 3 月，在同是寫給柏金斯的信裡他更是說：「小說絕大部分都寫得很出色，令人吃驚。如果他的整理工作能做得更好一點，這本小說會比他其餘的小說都還要好。我真希望他能繼續寫下去。如果你寫信給他，一定要幫我轉告……對於史考特，過去我總是懷抱著一種小男孩般的愚蠢優越感——就像一個強悍的小男孩對於另一個嬌弱卻充滿天分的小男孩總是感到不屑。但在看完那本小說後，其內容大多都好到令我害怕。」或許只有在面對柏金斯時，海明威才有辦法拿出真誠的態度，他就是一個難以表達真感情的典型大男人。

費城車站的及時雨

　　但別忘了，這兩位作家之所以能惺惺相惜，朋友之間的「通財之義」也是一個重要原因。費茲傑羅對海明威向來不小氣，根據現存紀錄顯示，兩人結識後不久，費茲傑羅便在該年秋天出借了四百美金給海明威，隔年（1926 年）4 月，他寫信跟海明威說好萊塢剛以一萬五千元買下了《大亨小傳》電影版權，隨信也附上一百美金。至於海明威在這段時間缺錢的理由，實在不難想像：他的《太陽依舊升起》要遲至 10 月才出版，他們家又常常四處去度假，雖然海德莉有信託基金收入，但向朋友調頭寸之事，想來是在所難免。或許，令海明威感到最窩心的一次幫助，是在 1928 年 12 月他父親自殺那時的事，但前一個月費、海兩家在普林斯頓大學與艾勒斯利豪宅的聚會上卻不太愉快。11 月 19 日當天，費茲傑羅與海明威兩家約在普大，同行的還有畫家亨利·史崔特（Henry Strater，他是費茲傑羅的普大同學，曾在巴黎替海明威畫過兩幅肖像畫），一開始費茲傑羅非常清醒，普大以十二比二的分數大敗耶魯，所有人都很盡興。

　　接下來，他們從紐約搭火車前往費城的路上就出問題了。喝

醉的費茲傑羅不斷騷擾火車上的女士們，幸好沒有挨揍，後來他看到有個醫學院學生在看書，一把便將書給搶了過去，然後再還給對方，並大聲對海明威說：「恩尼斯特！這裡有個淋病大夫哩！」而且還向那名學生說，「你是個淋病大夫，沒錯吧？」所幸，火車上沒有任何人跟他計較。他們終於抵達費城車站，接下來要再搭乘費茲傑羅的別克轎車，前往艾勒斯利豪宅的路途約莫二十九英哩，來接他們的人是菲利浦，費茲傑羅從巴黎帶回美國的司機兼管家（以前在巴黎時當過計程車司機與拳擊手）。一路上，轎車的溫度都太高，但費茲傑羅不讓菲利浦停車加水或加油，還宣稱只有法國車那種爛貨才需要加油。接著，他與賽妲又因為該從哪裡下公路而起了爭執，但他們運氣很好，菲利浦最後總算找到路，而且車子也沒掛掉──但是，隔天早上菲利浦要載史考娣上教堂時，他跟海明威說，車子該進廠維修了。能忍耐這樣的朋友，海明威實在已經非常有耐性，而且也難怪海德莉常常怕自己被這對夫妻害得要被房東趕走，因為他們常常半夜或一大早，喝了一堆酒後才去海明威家大鬧一場，寶琳甚至不願意把住家地址告訴他們，讓費茲傑羅感到很難過。

三週後，12月6日當天，海明威正帶著兒子約翰準備從紐約搭火車返回基威斯特島的家，途中他接獲父親自殺身亡的電

報，情急之下因缺錢而發電報給柏金斯、費茲傑羅跟幾個朋友，向他們調頭寸。當時海明威家的財務狀況不好，他爸媽因為投資佛羅里達州的房地產失利而損失了很多錢，弟弟萊瑟斯特還在唸高中，因此身為長子的他必須回橡樹園去處理父親後事。接到電報後，儘管車程需要兩個小時，費茲傑羅二話不說，馬上要司機菲利浦載他一同前赴費城北區車站（North Philadelphia Station）。可以想像的是，此事會有兩個後果：有鑑於賽妲與海明威的惡劣關係，夫妻倆難免會大吵一架。而當時帶著兒子，在車站裡絕望地等待消息的海明威看到費茲傑羅本人，想必也非常驚訝與感動──他大可以把錢匯過去就好，但他卻選擇親自跑一趟（雖然不是他自己開車）。此一小小插曲足以顯示費、海兩人的關係──至少在 1929 年之前──有多麼深厚。

失敗的權威與成功的權威

　　1933 年 1 月，費、海兩人與艾德蒙‧威爾遜相約在紐約市的奧羅拉餐廳（Aurora）吃晚餐。這三個人關係深厚，十多年來一直是感情不錯的文友，特別費茲傑羅與威爾遜更是普大同學，威爾遜又算是介紹費、海兩人認識的中間人，這次餐會當然別具

意義——而且，費、海兩人上一次見面已經是 1931 年 10 月的事了，或許這次紐約之約對他倆來說多少都有某種程度的重要性。那天，海明威首先搭乘馬車抵達，心情大好，還唱了一首義大利歪歌給餐廳的服務生們聽。威爾遜抵達時，費茲傑羅已經喝醉，一見面就開口損他：「瑪莉·布萊爾（Mary Blair）咧？」瑪莉·布萊爾是個紐約劇團女星，威爾遜的第一任妻子，兩人早已離異，而且威爾遜的第二任妻子瑪格麗特·坎比（Margaret Canby）才與他結婚兩年，就因一樁意外從高處跌落身亡，此話對於幾個月前剛遭逢喪妻之痛的威爾遜來講，想必既突兀又令人難過。費茲傑羅還宣稱他想找個女人，但海明威說他的身體狀況太差，沒有女人會喜歡他，他還表示沒有關係，反正他對女人已經沒有興趣（這是費、海兩人之間典型的同性戀笑話）。海明威要威爾遜別理會他，接著費茲傑羅把頭擺在桌上，最後乾脆躺在地上——但仍聽著兩人談話，偶爾還插個一兩句話來刺激海明威。最後兩位老友把他送回曼哈頓的廣場大飯店（Plaza Hotel），威爾遜還在那兒等他清醒，看他有沒有什麼話想說，沒想到他只是脫掉衣服，上床躺下，「用呆滯的鳥眼望著」威爾遜。

　　費茲傑羅事後當然都跟兩人道了歉，但這件丟臉的事發生過

後，他在自己的筆記本上寫道：「我是失敗的權威——恩尼斯特是成功的權威。我們再也無法同桌而坐了。」海明威也發現老友實在太沒有作家的樣子，認為唯有賽妲的死或他自己的胃壞掉，讓他無法喝酒，他才能重新振作起來，海明威甚至認為他的行徑是愛爾蘭人的臭脾氣發作，否則怎會會喜歡品嘗失敗的況味？至於他酒後失態的經歷，在他的人生中已經是個惡性循環，中間穿插了一次又一次的戒酒經驗，但總是戒不掉。賽妲與他解除婚約後，他在紐約酗酒三週，此事被他寫進《塵世樂園》裡；婚後，賽妲變成他的酒伴，兩人也曾在某次派對過後一起跳進廣場飯店外面的噴水池裡，這些事經過媒體報導後，費茲傑羅為自己建立起桀傲不遜的「爵士時代代言人」形象，以及敢於挑戰與反叛傳統的保守價值觀。在他看來，自己只不過是踏上了雪萊、惠特曼、愛倫坡與歐・亨利等文學大師的酗酒後塵而已。他不但在晚宴上用菜刀將自己的領帶割斷，還故意把車開進水池裡，喝醉後的自我介紹還笑著表示自己是：「史考特・費茲傑羅，知名的酒鬼。」

相知相惜

最後，我相信許多讀者都會自問一個令人納悶的問題：如果

在費茲傑羅死後，海明威心中還對他留有一些殘存的友情，為何會在《流動的饗宴》裡把他描繪成一個神經兮兮又怕老婆，喜歡喝酒但酒量奇差無比，而且做事毫無章法可循（邀請海明威一起南下里昂市拿車，卻又放他鴿子的無用之輩）？有些學者認為，那是因為海明威於 1950 年代末期開始撰寫《流動的饗宴》時，他又看到美國文壇又漸漸開始吹起了一股費茲傑羅風潮，例如光是在 1958 年，史氏出版社就幫他重新出版了早已絕版的《美麗與毀滅》、《大亨小傳》與《最後的大亨》，還有故事集《一位作者的午後》（*Afternoon of an Author*），隔年又再版了他的第一本小說集，《飛女郎與哲學家》，就連學界人士也開始研究他，其中打頭陣的人就是費茲傑羅的研究權威，馬修·布魯科利（Matthew J. Bruccoli）。在這樣的背景下，難免又讓海明威興起了競爭之心，想要打壓一下已經去世十幾二十年的老友。

　　當然，如果光就《流動的饗宴》裡那些軼聞故事來看，海明威不免有貶低費茲傑羅之意，但也為他說了不少好話。他說《大亨小傳》的封面雖然奇醜無比（看起來像一本拙劣的科幻小說），但讀完後，他說：

　　　　不管史考特再怎麼不好，舉止再怎麼異常，我都必

須知道他只是生了一場病，我必須盡可能幫助他，當他
的好友……既然他寫得出《大亨小傳》這樣出色的作
品，我相信他一定能寫出更好的書來。

但他在最後不忘補上一句，他是因為還沒認識賽妲才會這樣
講──言下之意，仍然是老話一句：「史考特是被賽妲毀掉的。」
平心而論，海明威的確是打從心底佩服費茲傑羅的才性，他的文
字的確有海明威無法仿效的一種風格，一種洞悉世事，時而冷眼
旁觀，時而為自身處境感到悲哀的憤世嫉俗魅力，所以海明威才
說，費茲傑羅的天分就像「蝴蝶翅膀上由灰塵構成的圖案一樣渾
然天成」，只是後來他的天分像蝴蝶的翅膀一樣被摧毀了，他不
再喜愛飛行，只能回味從前那些他還能飛行的日子。或許真是受
到賽妲拖累，再加上他撰寫短篇故事的稿費實在太高，雖然從
《大亨小傳》於 1925 年出版後，他便立刻展開《夜未央》的寫
作計畫，但這第四本小說卻拖到九年後才在 1934 年連載，繼而
出版。
　　至於就海明威的評價而言，在「崩潰」系列的〈拼接碎片〉
一文裡，費茲傑羅雖然沒有提到海明威的名字，但任誰都看得出
他所講的，「那一位被他視為藝術良心的當代人物」就是海明威，

文中說到，自己較早出道，沒有模仿海明威的文風，但「每逢瓶頸就會被他吸引過去」。他在 1934 年一封寫給海明威的信裡也表示，過去他曾反覆閱讀海明威的作品段落，但近一年半以來已不再這麼做，因為他深怕海明威獨有的文字韻律會「慢慢滲入他自己的文字韻律而不自知」，他甚至說《夜未央》裡有些文字帶有一點海明威的特色，但他已經盡力避免了。事實上，在同一年寫給編輯柏金斯的信裡，他還用烏龜與野兔來比喻兩人：他就像烏龜，速度非常慢，必須靠長久而持續的掙扎來達到所有成就，反觀海明威則是個天才，輕輕鬆鬆就能發揮技冠群倫的表現。或許這也並非全然的溢美之詞：畢竟當時海明威已出版了三本小說、一本散文集與四本故事集，而且三年後便於 1937 年 10 月首度登上《時代》雜誌封面，而費茲傑羅在第四本小說《夜未央》失敗後，則是逐漸被美國大眾忽略的過氣作家，只能靠一些短篇故事勉強餬口。

總而言之，如果想忠實地了解費、海兩人間的文學情誼，光看《流動的饗宴》是不夠的——畢竟連海明威自己也承認，讀者不妨把那一本回憶錄當作小說來讀，而且當時海明威必須殫精竭慮將三十年前的回憶給挖出來，再加上新發現的舊日筆記，拼湊成《流動的饗宴》，書裡本來就有許多漏洞與不完整之處。真正

能反映出兩人關係的，還是他們之間總數高達五十四封的信件，其中二十八封是費茲傑羅寫給海明威，海明威則寫了二十六封，此外再輔之以兩人與編輯柏金斯之間的魚雁往返，如此才能勾勒出兩者互動的真正輪廓。如今，在兩人過世都已經超過五十年之後，雙方在文學史上的地位可以說是各擅勝場，且各有各的支持者，任誰都無法忽略沙林傑（J. D. Salinger）的《麥田捕手》對二次大戰世代的影響，就像費茲傑羅的《塵世樂園》之於一次大戰結束後的年輕人，而海明威的文字風格與思想則深深烙印在 1980 年代以來席捲美國文壇的極簡主義文風，其代表性作家瑞蒙·卡佛（Raymond Carver）就數次論及自己受海明威的〈白象似的群山〉與〈雨中的貓〉之影響甚深。就此看來，研究他倆關係不但非常發人深省，更是釐清文學史發展軌跡重要的爬梳工作。

左　1937 年 6 月的費茲傑羅，明顯老了許多，滿臉飽經風霜的模樣。他在這一年獲得米高梅電影公司邀請前往好萊塢擔任編劇。（Photo by Carl van Vechten）

右　海明威與第一任妻子海德莉、長子約翰（綽號邦比）在奧地利滑雪時留影。

FRANCIS SCOTT KEY
FITZGERALD
SEPTEMBER 24, 1896
DECEMBER 21, 1940
HIS WIFE
ZELDA SAYRE
JULY 24, 1900
MARCH 10, 1948

SO WE BEAT ON, BOATS AGAINST
THE CURRENT, BORNE BACK
CEASELESSLY INTO THE PAST
The Great Gatsby

左	老年的海明威與三子葛雷哥萊合照，葛雷格萊後來成為醫生，最後動手術成為變性人。
右	費茲傑羅於 1940 年 12 月 21 日去世後下葬在馬里蘭州墓園；八年後，於醫院火警中喪生的賽妲也與他合葬於此地。刻在墓碑前方墳墓上的，是小說《大亨小傳》的最後一句話。

代後記：謝辭

　　首先，該把寫這本書的歷程交代一下。2010 年 4 月，我把費茲傑羅的處女作《塵世樂園》翻譯完之後，由南方家園出版社出版，接著才安心開始撰寫博士論文；這項工作雖然讓我晚了半年才從輔仁大學跨文化研究所比較文學博士班畢業，但畢竟這是英文原作問世 90 年來的第一個中譯本（隨後才有大陸東方出版社與上海譯文出版社於同一年出現兩個譯本），我的內心了無遺憾。

　　到了 2012 年，南方家園與逗點、一人出版社啟動了「午夜巴黎」出版計畫三部曲，陸續出版了費茲傑羅與海明威兩人的經典長、短篇作品。到了 2013 年年底，該計畫二部曲完成時，我突然發現自己已成為計畫一員，負責撰寫這本《危險的友誼：超譯海明威與費茲傑羅》，而這本書的初登場，應該就是 2013 年 12 月 5 日在公館紀州庵舉行的那場「超譯海明威與費茲傑羅——那一年我們在巴黎」演講會。當時，我雖然只完成了本書第

一章的初稿，但後續幾章的雛型已經在我的腦海中打轉。非常榮幸，這本書能與一人出版社的《夜未央》、逗點出版社的《太陽依舊升起》一起出版，共同構成「午夜巴黎」出版計畫的第三部曲。希望這三部曲的完成只是一個開始，以後跟劉霽與夏民兩位文友能有更多合作的機會。

時光荏苒，由於我平日忙於教學與翻譯，這本書的寫作一拖再拖，感謝南方家園的子華，還有梅文、榮慶、琳森與羽甄等工作夥伴多方配合與忍耐，這本以海明威與費茲傑羅的文學情誼為主題的小傳，終於有問世的一天。過去，中文出版界對於費、海兩人多所著墨，關於海明威的傳記更多達數十本，但這本小書卻是將兩人的平行世界拉在一起的初步嘗試。對於我這樣一個比較文學研究者而言，比較不能流於表面，真正重要的是兩人文學生命的血肉、骨脈與肌理，我必須找出兩人生平與作品中值得比較與對比之處，以兩人畢生經歷為經，以作品為緯，勾勒出兩人文學生涯的梗概，透過了解其中一位，促使我們對另一位的詮釋和關照。

費、海兩人的文學情誼說長不長、說短不短，但是情真意切，而我在寫作的過程中每每想起了 93 學年度下學期在輔大英研所所修習的「費茲傑羅與海明威專題」課程，恩師康士林教

授（Bro. Nicholas Koss）帶著我們閱讀費、海兩人的長、短篇小說，包括《塵世樂園》、《大亨小傳》、《夜未央》、《太陽依舊升起》，以及《戰地春夢》——我之所以起心動念，著手翻譯《塵世樂園》，也是因為這一個機緣。該門課程讓我有機會接觸馬修·布魯科利（Matthew J. Bruccoli）與史考特·唐諾森（Scott Donaldson）兩位費、海文學關係的研究先驅，而本書的許多資料與論點也都來自他們所寫的相關書籍。

最後，因為這是一本友誼之書，我想把這本書獻給我畢生的所有好友們，希望在費茲傑羅與海明威的借鏡下，我們都能成為讓對方變得更好，而且存在也更有意義的「他者」（Other）。文學的最終目的應該是啟發人生，否則文字將會失去其珍貴價值。

2015.01.28

於桃園龍潭

F. Scott Fitzgerald & Ernest Hemingway

午夜巴黎 · 深夜對談

陳榮彬 X 陳夏民 X 劉　霽

Q：什麼時候開始接觸費茲傑羅和海明威的作品？

霽：身為一個前文青，費茲傑羅是一定要讀的呀！而且那時一定要讀過《大亨小傳》才敢稱是個文青吧。不過高中時讀也不是很能理解，因為根本還不懂什麼幻滅，就只知道他是文風華麗、影響深遠的大作家，不懂也要裝懂。直到在英國念研究所時，重新閱讀後才漸漸領會其厲害之處！不過還是侷限在《大亨小傳》，要到做「午夜巴黎計畫」後才看了更多他的作品，對他有更深一層的認識。海明威也差不多，年輕時就是讀《老人與海》吧，知道文風就是簡潔有力，背後隱藏很多東西，但隱藏了什麼其實也摸不太清楚。同樣是因為這計畫夏民的翻譯介紹，重讀之後才有更多體會。說起來做這計畫獲得最多的其實是我們兩個吧。

榮：我記得我大學的時候，是看海明威的〈The Killers〉，在政大出版的《大學英文讀本》裡面看到的，就覺得「哇，怎麼

這麼酷！」好適合拍成電影，然後也發現那可能是海明威作品中，最常被拍成電影的，至少有兩三個版本。

夏：因為裡面的殺手塑造很風格化，很像黑幫電影，又帶點可怕的幽默感。

榮：直到博士班才開始讀費茲傑羅，第一次看的是〈Bernice Bobs Her Hair〉，一群女孩子為了剪頭髮而爾虞我詐，最後那女主角把她表姊頭髮剪得亂七八糟，然後逃之夭夭。那時候就覺得費茲傑羅很變態。《塵世樂園》是大學生活的描寫，讓人覺得很想重讀大學，但卻回不去了，心想怎麼寫得這麼好！《大亨小傳》的英文原文則是為了研究而看了十幾遍。

夏：我第一次讀《大亨小傳》是大四。我的老師曾珍珍給我們的畢業禮物，是一本原文的《大亨小傳》。她說：「等你們離開學校，就會慢慢理解，『要怎麼與自己相處』，這可能是你們這輩子最重要的一件事。」我覺得費茲傑羅的作品，在三十幾歲的時候讀比較好。

霽：因為已經經歷過幻滅了。

夏：對！曾經看到美好的事情發生過，可是它不會發生在你身上，就可以理解他的感情。至於閱讀海明威，則是大三上李永平老師的小說選讀課。他是一個硬漢，前面幾顆扣子不會扣，講

課的時候會一直流汗，很認真地在上課。他是馬來西亞版的海明威，所以聽他講海明威的短篇小說真能身歷其境，非常享受。海明威的作品畫面感很強，我看得比較多的是他的短篇，不管是什麼場景都有黑幫電影的感覺。

榮：戰爭小說呢？

夏：他很會描寫那種殘破感，像是描寫人從戰場回來後身體壞掉了，所以在復健，我們都理解他的人生毀了，回不去了，但他還是很積極地在做復健。

Q：最喜歡哪本作品？

夏：我最喜歡三個短篇：〈鬥士〉、〈軍人之家〉、〈在異鄉〉。〈鬥士〉的主角就是一名壞掉了的拳擊手，但身邊還是有一個照顧、支持他的人。這世界這麼殘酷，但還有人可以依靠，你不覺得很美嗎？〈在異鄉〉就是剛才提到那個努力復健的人。有些傷害明明不能逆轉，但我們要如何跟它相處一輩子？這是最打動我的地方。〈軍人之家〉則是描述親近的人之間，那種「我這樣是為你好」的壓力，很令人憎恨但又無法逃避。這三篇很呼應現代人的狀況。

榮：我最喜歡的是〈大雙心河〉。我好想要當那主角。Be

alone. 海明威在《流動的饗宴》裡説：他喝完咖啡還是不想走，因為他還看得到河裡的鱒魚在游。這情境真的好棒。

霽：那寫完這本書，説説真心話，你比較喜歡費茲傑羅還是海明威？

榮：我年輕的時候喜歡費茲傑羅，現在比較喜歡海明威。他的東西有種説不出的複雜性，心機很重。〈大雙心河〉裡寫男主角去釣魚的地方，附近就有個被燒毀的城鎮，然後出現被燻黑的蚱蜢，這很哲學。表示他把現實的場景與記憶中的戰場揉合在一起，是隱喻手法。

霽：兩人都偏愛海明威，費茲傑羅好可憐，只好由我來替他説説話。他的作品可以説都在描寫「金玉其外，敗絮其中」，或説用文字搭建一個華美的金屋，裡面卻是空蕩蕩的。《大亨小傳》跟《夜未央》都是他最棒作品，《大亨小傳》精煉無暇，幾近完美，但或許因為太完美了，讓人讚嘆卻有些難以靠近。我個人則更偏好《夜未央》情節雖複雜，有時甚至雜亂，但幅度很寬闊，好像搭的是間很空敞的屋子，大家都可以隨興進去遨遊，這其中展現了作者本身無盡的溫柔與包容。

Q：對海明威與費茲傑羅及其筆下人物有什麼看法？

夏：海明威筆下的女主角無法讓人操控。就像是獵人與獵物，你想獵她，但可能被她反咬一口。我覺得費茲傑羅在描寫女性和海明威很不一樣。費茲傑羅筆下的女性會讓人想要疼惜。一個在現實生活中深愛老婆的人，作品應該也會反映出她的性格。

霽：費茲傑羅的女主角基本上都是同一類人——富家女，需要人照顧，但是又隨時會翻臉不認人，很絕情。

榮：最典型就是《大亨小傳》裡的黛西。可是費茲傑羅絕對不用絕情來描寫。他會說她們是「careless」，漠不關心。他沒有用「殘忍」或其他強烈的字眼。

霽：費茲傑羅很愛她們的。

夏：像是宗教的愛，自己是快樂王子，無私地給予。

霽：他自己也需要別人的依靠，讓他有機會付出，同時證明自己，有點像 S/M 的關係吧，願打願挨。海明威跟費茲傑羅之間一開始會那麼契合或許也是因為這樣，有人愛打有人愛挨。

夏：他們兩個湊在一起化學反應很強，除了個性，也有暗伏的衝突感。

榮：他們明明曾經那麼要好過，令人很感嘆啊！

夏：希望我和劉霽以後都不會吵架（大笑）。

霽：他們兩個其實也沒吵架，就是漸行漸遠吧，畢竟性格差

太多了。要是真能吵一架甚至打上一架，或許感情反而更好也說不定。

榮：海明威其實也是個爛人，他第二個老婆很有錢，海明威雖然接受了，還用老婆叔叔的錢去非洲打獵，但其實很受傷。所以在《雪山盟》裡一直罵女主角「You rich bitch！」。

夏：他不是一個好人，但是作品很好。所以讀者最好把作家與作品當作獨立個體，分開看比較好。

Q：翻譯費茲傑羅和海明威的作品時有什麼感覺？

榮：翻譯費茲傑羅的作品好像在寫詩。你會非常融入他的語言情境，不由自主地使用音樂化的字，念起來有韻律感，有種被他上身的感覺。

霽：因為他的文句節奏感很強，譯成中文的節奏就完全不一樣。所以我翻譯時要一直重組句子，看哪個句法最對味。

夏：節奏感真的是最難的東西。海明威也是，作品都很短，看的時候很簡單，節奏還不錯，但是翻成中文就是很奇怪，所以我覺得節奏感很有挑戰。

榮：兩人的文學風格不同。海明威是簡潔背後又有文學思想；費茲傑羅，就是個愛說話，非常愛說話的人。我在書裡面寫到，

費茲傑羅開書單給他的女兒，海明威開書單給他的兒子。他們兩個開的書單很不一樣。費茲傑羅都是開十九世紀的英國小說、法國文學。海明威則特別推薦費茲傑羅給他兒子，跟他兒子說：「你一定要讀費茲傑羅的東西。」其他書單也多是短篇小說。

霽：我是到英國念研究所後，才比較能看得進費茲傑羅，因為十九世紀維多利亞文學就像這樣，句子繞來繞去，英國文學尤其如此，比起來費茲傑羅還算好了。

榮：還有那時代的資訊。像我翻《塵世樂園》，出現「Bird」這個字，「Bird」不就鳥嗎？後來查美國俚語辭典，才知道那是女人的意思。裡面描述「紐約街頭上出現羅馬戰車」，查學術版本的註釋，才知道原來是當年電影的廣告看板。

夏：海明威描寫自然景物時，寫作的風格會有變化，描述得很複雜，很美，和他向來簡約的文字不太一樣。大概可以理解自然對於他的影響。這也是透過翻譯才會理解的事。

Q：關於費茲傑羅與海明威作品所改編的電影，有什麼想法呢？

夏：《妾似朝陽又照君》那電影拍得很完整很好。

榮：我很喜歡女主角，Ava Gardner。她有一次在海明威的泳

池裡裸泳，結果海明威還跟工人說：這泳池的水不准放掉！

夏：但海明威對他作品所改編的電影都不滿意。

霽：但他的書比費茲傑羅容易拍成電影，他雖然都只寫冰山一角，卻有很明確的情節，後面隱藏的東西很多，讓導演很好發揮。費茲傑羅的作品充滿細節的描述，而且特色就是他那華麗的文句所營造出的氛圍，這很難轉化成影像語言，少了文字就少了味道，所以改拍成電影成績多半一般。

夏：不過 2013 年的《大亨小傳》拍得很好。顏色很鮮明。

榮：對！顏色鮮豔，速度也快。導演巴茲‧魯曼過去拍《紅磨坊》等電影的風格就是這樣，裡面許多開車的場景也需要速度呈現，最重要的是把劇本改得很好很合理，節奏也好。

霽：《大亨小傳》雖然是悲劇，不過主角從頭到尾都堅持著一種浪漫的信念，這點很容易打動人。

榮：我覺得他給我的 lesson 就是「Stay away from that woman ！」不要碰那種女人！

霽：不過他自己就放不下那種女人。

夏：就是因為這樣才覺得他很可憐啊。

霽：是呀，主角這麼讓人同情，所以《大亨小傳》是費茲傑羅作品中改編成電影最多次的。像《夜未央》就很難拍，描寫的

是一個墮落的過程，而且墮落的原因及過程還曖昧不清，很難在幾小時內引起共鳴，情節跟人物又太龐雜，改編起來吃力不討好，所以只有一次不太成功的改編。不過還是很期待下次有哪位導演大膽嘗試看看。話說回來，也該有人來拍拍費茲傑羅跟海明威的故事，光是《午夜巴黎》電影中帶到的一點就勾引我們弄出了「午夜巴黎計畫」，此書講到的一些小故事也很引人入勝，拍出來應該會很精彩。

Q：午夜巴黎計畫是怎麼選書的呢？

劉：前兩部曲是短篇小說集，我買了一本很大本的原文短篇小說選集，然後每篇看。

榮：《The Short Stories of F. Scott Fitzegrald》？裡面大概有六、七十篇？

劉：對，一篇篇看，然後選自己喜歡的。

夏：第一本短篇《一個乾淨明亮的地方》，我是用一個人的人生去挑的，從小孩子到青年、到婚姻、愛情，再到老年，最後才是〈一個乾淨明亮的地方〉，讓讀者向著光走。

劉：回想起來，我出的這三本可算是完整的三部曲，所以應該可劃下一個暫時的句點了。這三部曲其實有個共同的內在主

題，就是「崩潰」，這也可以算是費茲傑羅一輩子人生與文學的主調。而榮彬老師這本書等於是要一次呈現兩個大師的人生與文學精華，榮彬老師又是怎麼寫《危險的友誼》這本書的呢？

榮：我是先把所有的書都看完，覺得真的很了解，然後開始寫。不過生活或是電影方面還是要查，也從之前作家的作品找尋兩個人的互動。這是中文出版界第一本描述兩人友誼的書。

夏：這次一人和逗點出的《夜未央》跟《太陽依舊升起》相較其他作品都比較沒受到重視，都是愛情故事，兩個對比起來很有趣。

Q：對於午夜巴黎，接下來有什麼計畫嗎？

夏：當然是趕快結束啊！累死了（笑）但我會想要繼續翻譯海明威的作品，就像拼圖一樣，可以將其他本書湊齊。下次等劉霽要翻譯《大亨小傳》，我再翻譯《老人與海》。

劉：或是我們也可以對調啊！

榮：費茲傑羅在好萊塢寫的 17 個故事，《The Pat Hobby Stories》，我很想翻譯，每個故事都可以拍成電影。

夏：希望有人因為這個計畫認識海明威和費茲傑羅吧，那會是令人開心的事。

陳夏民

出版人，譯有海明威作品《太陽依舊升起》、《我們的時代：海明威一鳴驚人短篇小說集》、《一個乾淨明亮的地方：海明威短篇傑作選》。

劉 霽

出版人，譯有費茲傑羅作品《夜未央》、《富家子—費茲傑羅短篇傑作選 2》、《冬之夢—費茲傑羅短篇傑作選》。

國家圖書館出版品預行編目 (CIP) 資料

危險的友誼：超譯費茲傑羅&海明威/ 陳榮彬作. ──
初版 ── 臺北市：南方家園文化，2015.05 面；公分·
── (Homeward；HR020)(再現；HR020)
ISBN 978-986-90710-6-2(平裝)

1.海明威(Hemingway, Ernest, 1899-1961) 2.
費茲傑羅(Fitzgerald, F. Scott, 1896-1940) 3.美
國文學 4.文學評論5.文學傳記

874.57   103024117

危險的友誼：超譯費茲傑羅&海明威

南方家園出版 Homeward Publishing

書系　再現 Reappearance

書號　HR020

作者：陳榮彬

主編：唐梅文

責任編輯：蔡琳森、張羽甄

企劃編輯　鄭又瑜

美術設計　小　子

內文排版　王君卉

內文插畫　鄭芸茜

發行人　劉子華

出版者　南方家園文化事業有限公司

南方家園文化事業有限公司 NANFAN CHIAYUAN CO. LTD.

地址：台北市松山區八德路三段12巷66弄22號

電話：（02）25705215-6

24小時傳真服務：（02）25705217

劃撥帳號　50009398　戶名　南方家園文化事業有限公司

讀者服務信箱E-mail　nanfan.chiayuan@gmail.com

總經銷：聯合發行股份有限公司

電話：(02)29178022

傳真：(02)29156275

印刷　約書亞創藝有限公司　joshua19750610@gmail.com

初版一刷　2015年05月

定價　360元

ISBN　978-986-90710-6-2

Printed in Taiwan · All Rights Reserved

危險的友誼：超譯費茲傑羅&海明威

The Dangerous friendship: Ultra Translation of F. Scott Fitzgerald & Ernest Hemingway

版權所有‧翻印必究　本書如有缺頁、破損，請寄回本公司更換

Copyright © 2015 陳榮彬